マジック・ツリーハウス

マジックは「魔法《まほう》」。ツリーハウスは「木《き》の上《うえ》の小屋《こや》」。
この物語《ものがたり》は、アメリカ・ペンシルベニア州《しゅう》に住《す》むジャックとアニーが、
魔法《まほう》のツリーハウスで、ふしぎな冒険《ぼうけん》をするお話《はなし》です。

伝《でん》説《せつ》の巨《きょ》大《だい》ハリケーン

マジック・ツリーハウス 44

マジック・ツリーハウス44 もくじ

伝説の巨大ハリケーン

でんせつのきょだいハリケーン

おもな登場人物《とうじょうじんぶつ》

ジャック

アメリカ・ペンシルベニア州《しゅう》に住《す》む12歳《さい》の男《おとこ》の子《こ》。本《ほん》を読《よ》むのが大好《だいす》きで、見《み》たことや調《しら》べたことを、すぐにノートに書《か》くくせがある。

アニー

ジャックの妹《いもうと》。空想《くうそう》や冒険《ぼうけん》が大好《だいす》きで、いつも元気《げんき》な11歳《さい》の女《おんな》の子《こ》。どんな動物《どうぶつ》ともすぐ仲《なか》よしになり、勝手《かって》に名《な》まえをつけてしまう。

モーガン・ルー・フェイ

ブリテンの王《おう》・アーサーの姉《あね》。魔法《まほう》をあやつり、世界《せかい》じゅうのすぐれた本《ほん》を集《あつ》めるために、マジック・ツリーハウスで旅《たび》をしている。

マーリン

偉大《いだい》な予言者《よげんしゃ》にして、世界最高《せかいさいこう》の魔法使《まほうつか》い。アーサー王《おう》が国《くに》をおさめるのを手助《てだす》けしている。とんがり帽子《ぼうし》がトレードマーク。

テディ

モーガンの図書館《としょかん》で助手《じょしゅ》をしながら、魔法《まほう》を学《まな》ぶ少年《しょうねん》。かつて、変身《へんしん》に失敗《しっぱい》して子犬《こいぬ》になってしまい、ジャックとアニーに助《たす》けられた。

キャスリーン

陸上《りくじょう》にいるときは人間《にんげん》、海《うみ》にはいるとアザラシに変身《へんしん》する妖精《ようせい》セルキーの少女《しょうじょ》。聖剣《せいけん》エクスカリバー発見《はっけん》のときに大《だい》かつやくした。

これまでのお話《はなし》

ジャックとアニーは、ペンシルベニア州《しゅう》フロッグクリークに住《す》む、仲《なか》よし兄妹《きょうだい》。ふたりは、ある日《ひ》、森《もり》のカシの木《き》のてっぺんに、小《ちい》さな木《き》の小屋《こや》があるのを見《み》つけた。中《なか》にあった恐竜《きょうりゅう》の本《ほん》を見《み》ていると、突然《とつぜん》小屋《こや》がぐるぐるとまわりだし、本物《ほんもの》の恐竜《きょうりゅう》の時代《じだい》へと、まよいこんでしまった。この小屋《こや》は、時空《じくう》をこえて、知《し》らない世界《せかい》へ行《い》くことができる、**マジック・ツリーハウス**（魔法《まほう》の木《き》の上《うえ》の小屋《こや》）だったのだ。

ジャックたちは、ツリーハウスで、さまざまな時代《じだい》のいろいろな場所《ばしょ》へ、冒険《ぼうけん》に出《で》かけた。やがてふたりは、魔法使《まほうつか》いのモーガンや、モーガンの友人《ゆうじん》マーリンから、特別《とくべつ》な任務《にんむ》をあたえられるようになった。そして、魔法《まほう》と伝説《でんせつ》の世界《せかい》の友《とも》だち、テディとキャスリーンに助《たす》けられながら、自分《じぶん》たちで魔法《まほう》を使《つか》うことも学《まな》んだのだった——。

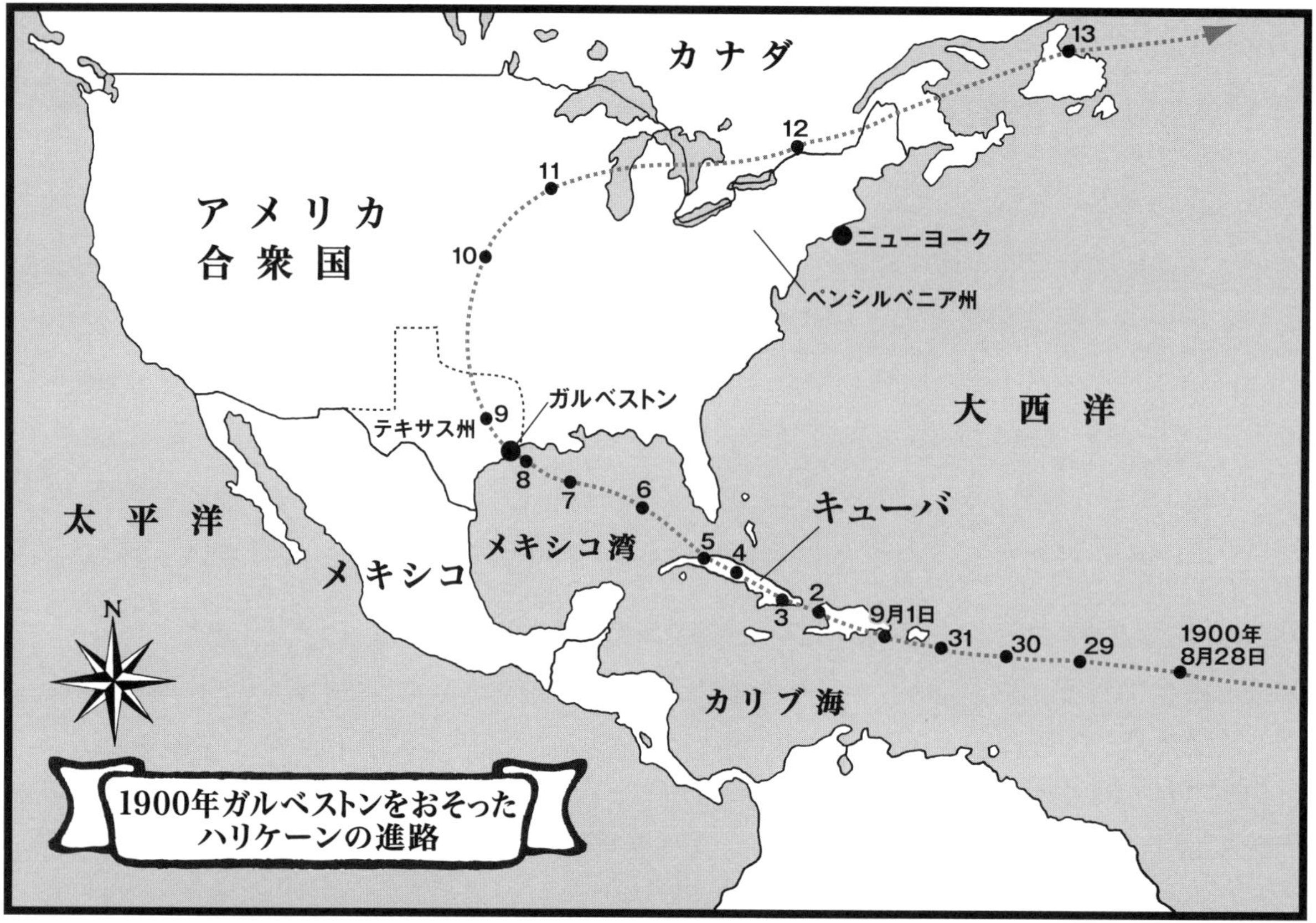
1900年ガルベストンをおそった
ハリケーンの進路
カナダ
アメリカ
合衆国
ニューヨーク
ペンシルベニア州
テキサス州
ガルベストン
大西洋
太平洋
メキシコ
メキシコ湾
キューバ
カリブ海
N
1900年
8月28日
29
30
31
9月1日
2
3
4
5
6
7
8
9
10
11
12
13

［第44巻］

伝説の巨大ハリケーン

でんせつのきょだいハリケーン

これは、いまから100年《ねん》以上《いじょう》まえの1900年《ねん》9月《がつ》8日《ようか》に、
アメリカ・テキサス州《しゅう》ガルベストンをおそったハリケーンの
いくつかの事実《じじつ》にもとづいて、書《か》かれた物語《ものがたり》です。

嵐《あらし》の予感《よかん》

よく晴《は》れた夏《なつ》の朝《あさ》、ジャックとアニーは、スポーツウエアを着《き》て、玄関《げんかん》ポーチにすわっていた。

今日《きょう》は、少年野球《しょうねんやきゅう》チーム〈リトル・フロッグクリーク〉の練習日《れんしゅうび》だ。いまから、ママがふたりを、市民球場《しみんきゅうじょう》へ車《くるま》で送《おく》ってくれることになっている。

アニーがふと、空《そら》を見上《みあ》げてつぶやいた。

「あっ……森《もり》のほうから、まっ黒《くろ》い雲《くも》が、近《ちか》づいてくる……」

そのうちに、どんどん空《そら》が暗《くら》くなり、つめたい風《かぜ》がふきはじめた。

ポツン、ポツン、ポツ、ポツポツ……

雨《あま》つぶが落《お》ちる音《おと》がして、歩道《ほどう》に黒《くろ》っぽいしみができていく。

「えっ、雨《あめ》？」

ジャックが立《た》ちあがり、ポーチの屋根《やね》の下《した》から、手《て》をさしだした。

「おかしいな。天気予報《てんきよほう》では、今日《きょう》は『晴《は》れ』って言《い》ってたよ」

そのとき、玄関《げんかん》のドアがあいて、ママが顔《かお》を出《だ》した。

「いま、コーチのデイブさんから電話《でんわ》があって、今日《きょう》の練習《れんしゅう》は中止《ちゅうし》ですって」

「えーっ、そんな！　たのしみにしてたのに……」

ジャックは、がっくりとうなだれたが、アニーは、にっこり笑《わら》って言《い》った。

「それじゃあ、ママ、わたしたち、ちょっとさんぽしてきてもいい？」

「ええ、いいわよ。でも、かみなりが鳴《な》ったら、すぐに帰《かえ》ってきてね」

「わかったわ、ママ！」

それからアニーは、ジャックにむかって、ささやいた。

「お兄《にい》ちゃん、森《もり》へ行《い》かない？」

「森《もり》へ？　どうして」

「わたし、今朝《けさ》おきたとき、〝今日《きょう》は、すごいことがおこる！〟っていう予感《よかん》がしたの。ホームランでも打《う》つのかなって思《おも》ってたけど、そうじゃないみたいだし」

アニーは、さらに声《こえ》をひそめて言《い》った。

「それに、あの雲《くも》、森《もり》のほうからわいてきたのよ。これって、もしかしたら……」

ジャックは、はっとしてこたえた。

「森《もり》に、マジック・ツリーハウスが来《き》てるんじゃないか、ってこと？」

アニーが、うんうんとうなずいた。

ジャックは、急《きゅう》に元気《げんき》がわいてきた。

「よし、行《い》ってみよう！　ぼく、リュックをとってくる！」

「わたしは、かさを持《も》ってくるわ！」

ジャックが、リュックを肩《かた》にかけてポーチにもどると、アニーも、かさを二本《にほん》持《も》って出《で》てきた。一本《いっぽん》をジャックにさしだす。

ジャックは、かさをうけとり、空《そら》を見上《みあ》げた。

雨《あめ》は、本《ほん》ぶりになっている。

「さあ、行《い》こう！」

ふたりは、かさをひらき、フロッグクリークの森《もり》にむかって、走《はし》りだした。

森《もり》の中《なか》は、雨《あめ》にけむっていた。ぬれた木《こ》の葉《は》のにおい、しめっぽい土《つち》のにおいが、あたりをつつんでいる。

ジャックとアニーは、森《もり》でいちばん大《おお》きいカシの木《き》の下《した》についた。

上《うえ》を見《み》ると、みどりの葉《は》と枝《えだ》のあいだから、なつかしいマジック・ツリーハウスが見《み》えた。

「ほらね！　やっぱり、来《き》てたでしょ？」アニーが、うれしそうに言《い》う。

「うん！　アニーのかんは、ほんとにすごいな」

ふたりは、かさをたたむと、ひとりずつ、なわばしごをのぼっていった。

ツリーハウスの中《なか》はうす暗《ぐら》く、空気《くうき》がじとっとしている。

たなの上《うえ》に、一冊《いっさつ》の本《ほん》がおいてあった。

そのよこに、金色《きんいろ》の星《ほし》のかざりのついた、小《ちい》さなペンダントがある。

「わあっ、きれい！」

アニーが、目《め》をかがやかせて、ペンダントをとりあげた。

ジャックは、本《ほん》を手《て》にとった。

表紙《ひょうし》には、紺《こん》と白《しろ》と赤《あか》にぬりわけられた旗《はた》がえがかれている。紺色《こんいろ》のところに、星《ほし》がひとつ、ついている。

TEXAS
THE LONE STAR STATE

ジャックが、本《ほん》のタイトルを読《よ》みあげた。

「『テキサスの歴史《れきし》』――こんどの冒険《ぼうけん》は、テキサス州《しゅう》か。表紙《ひょうし》にかいてあるのは、きっと、テキサス州《しゅう》の旗《はた》だな」

ジャックが本《ほん》をひらいて、最初《さいしょ》のページを読《よ》みあげた。


テキサス州《しゅう》は、アメリカ合衆国《がっしゅうこく》の中南部《ちゅうなんぶ》にあります。南《みなみ》がわは、メキシコと、メキシコ湾《わん》に接《せっ》しています。

アメリカ合衆国《がっしゅうこく》を構成《こうせい》する五十州《ごじっしゅう》のなかで、テキサスは、面積《めんせき》が二《に》ばんめに広《ひろ》く、人口《じんこう》も二《に》ばんめに多《おお》い州《しゅう》です。


ジャックが、はっと顔《かお》をあげて言《い》った。

「アニー、思《おも》いだした。ぼくたちいつか、大平原《だいへいげん》のゴーストタウンに行《い》って、馬《うま》どろぼうから馬《うま》をまもったことがあっただろう？　あれもたしか、テキサス州《しゅう》だったよ」

「カウボーイのスリムに出会《であ》ったときね？　わたしもおぼえてる！」


【この巻《かん》も読《よ》んでみよう!】

マジック・ツリーハウス5『SOS! 海底探険《かいていたんけん》』第《だい》2話《わ》:ゴーストタウンの亡霊《ぼうれい》

テキサスには、古《ふる》くからアメリカ先住民《せんじゅうみん》が住《す》んでいました。

しかし、十五世紀《じゅうごせいき》すえにアメリカ大陸《たいりく》へやってきたヨーロッパ人《じん》によって支配《しはい》されるようになり、十七世紀《じゅうななせいき》にはフランスの植民地《しょくみんち》に、ついで、スペインの領土《りょうど》になりました。

一八二一年《ねん》、メキシコの一部《いちぶ》としてスペインから独立《どくりつ》。一八三六年《ねん》には、メキシコからも独立《どくりつ》して、「テキサス共和国《きょうわこく》」という国《くに》になりました。

その後《ご》、テキサス共和国《きょうわこく》は、アメリカ合衆国《がっしゅうこく》の一員《いちいん》になることを決《き》めました。

一八五四年《ねん》、テキサスは、アメリカ合衆国《がっしゅうこく》の二十八《にじゅうはち》ばんめの州《しゅう》になりました。

テキサス州《しゅう》の旗《はた》のひとつ星《ぼし》は、かつて独立《どくりつ》した国《くに》だったほこりをあらわしています。そのため、テキサス州《しゅう》には、〈ひとつ星《ぼし》の州《しゅう》〉というニックネームがついています。


ジャックは、本《ほん》の表紙《ひょうし》をしげしげとながめながら、言《い》った。

「ふうん……。この旗《はた》についている星《ほし》は、そういう意味《いみ》だったのか……」

本《ほん》には、うすむらさき色《いろ》の革《かわ》のしおりがはさまっていた。

そのページをひらくと、たくさんの船《ふね》が停泊《ていはく》する、大《おお》きな港《みなと》の写真《しゃしん》がのっていた。

説明《せつめい》には、こう書《か》いてある。


一九〇〇年当時《ねんとうじ》の、テキサス州《しゅう》ガルベストン

「ガルベストン？　聞《き》いたことないわ」アニーが首《くび》をかしげた。

「そうだね。でも、ここにしおりがはさまってる、ってことは、ぼくたち、今回《こんかい》はここへ行《い》くんだよ。ここで、なにをするのかなあ」

ジャックとアニーは、ツリーハウスの中《なか》を見《み》まわしたが、モーガンからのメッセージのようなものは見《み》つからない。

アニーが言《い》った。

「お兄《にい》ちゃん。もしかしたら、そのしおりに、なにか書《か》いてあるんじゃない？」

ジャックは、しおりをひっくりかえしてみた。

するとそこに、小《ちい》さな文字《もじ》で、つぎのように書《か》かれていた。

ジャックと、アニーへ
今回《こんかい》、ふたりに行《い》ってほしいのは、
テキサス州《しゅう》の、内海《うちうみ》と外海《そとうみ》にはさまれたほそ長《なが》い島《しま》、ガルベストンです。
一九〇〇年《ねん》九月八日《がつようか》、その島《しま》を、大《おお》きな悲劇《ひげき》がおそいます。
そこへ行《い》き、できるだけ多《おお》くの人《ひと》を　たすけてください。

「一九〇〇年《ねん》といえば、いまから百年以上《ひゃくねんいじょう》まえだ。そのとき島《しま》をおそった悲劇《ひげき》って、いったいなんだろう？」と、ジャック。

「お兄《にい》ちゃん、いそいで行《い》かなくちゃ！」

アニーが、呪文《じゅもん》を言《い》おうとしたので、ジャックがあわててとめた。

「まって、アニー。まだつづきがあるよ」

ジャックは、メッセージのつづきを読《よ》みあげた。

ふたりにしてほしいことは、
「高《たか》い建物《たてもの》へにげて」と　よびかけること。
そして、暗《くら》やみの中《なか》でとほうにくれる人々《ひとびと》を
金色《きんいろ》の星《ほし》で、みちびくことです。
くれぐれも　気《き》をつけて。

モーガン・ルー・フェイ

「『金色《きんいろ》の星《ほし》』って、このペンダントの星《ほし》のこと？」

アニーが、手《て》の中《なか》のペンダントを見《み》つめた。

「うーん。そんな小《ちい》さな星《ほし》で、どうやって『暗《くら》やみの中《なか》でとほうにくれる人々《ひとびと》をみちびく』んだろう」と、ジャック。

アニーが、ペンダントをにぎりしめながら言《い》った。

「とにかく、ガルベストンへ行《い》ってみましょうよ。そうすれば、きっとわかるわ」

「そうだね」

ジャックは、そばにある、ペンシルベニア州《しゅう》のガイドブックに目《め》をとめた。

「ここへ帰《かえ》るときに必要《ひつよう》な本《ほん》も、ちゃんとあるね。それじゃあ、出発《しゅっぱつ》だ」

ジャックは、本《ほん》の中《なか》のガルベストンの写真《しゃしん》に、人《ひと》さし指《ゆび》をおいて言《い》った。

「ここへ、行《い》きたい！」

そのとたん、風《かぜ》が巻《ま》きおこった。

ツリーハウスが、いきおいよくまわりはじめた。

回転《かいてん》はどんどんはやくなる。

ジャックは思《おも》わず目《め》をつぶった。

やがて、なにもかもがとまり、しずかになった。

なにも聞《き》こえない。

テキサス州《しゅう》ガルベストン

肌《はだ》に、じっとりとしめった空気《くうき》を感《かん》じて、ジャックは目《め》をあけた。

「見《み》て、お兄《にい》ちゃん。セーラー服《ふく》よ」

見《み》ると、アニーは、すずしそうな白《しろ》いセーラーカラーの服《ふく》を着《き》ている。

ジャックも、セーラーカラーのシャツに、ひざ下丈《したたけ》のズボンだ。リュックも変《か》わっている。

ふたりとも、ひものついた革《かわ》ぐつをはいている。

アニーが、スカートのすそをつまみながら、言《い》った。

「この服《ふく》……ほら、ずっとまえに、サンフランシスコで大地震《おおじしん》にあったときの服《ふく》に、にてない？」

「ああ、ほんとだ。あれはたしか、一九〇六年《ねん》のできごとだったな」と、ジャック。

ふたりは窓《まど》のところへ行《い》き、外《そと》のようすをながめた。

ツリーハウスは、大《おお》きなカシの木《き》のてっぺんにのっていた。


【この巻《かん》も読《よ》んでみよう!】

マジック・ツリーハウス12『夜明《よあ》けの巨大地震《きょだいじしん》』

窓《まど》からは、本《ほん》にのっていた写真《しゃしん》そのままの風景《ふうけい》が見《み》えた。

港《みなと》のふ頭《とう》には、大《おお》きな汽船《きせん》や、ふといマストの帆船《はんせん》が停泊《ていはく》している。

通《とお》りには、たくさんの荷馬車《にばしゃ》が走《はし》り、そのあいだをぬうように、人々《ひとびと》が行《い》きかっている。

路面電車《ろめんでんしゃ》が通《とお》っているのも見《み》えた。

町《まち》は、たてよこに走《はし》る、まっすぐな道路《どうろ》でくぎられ、その道路《どうろ》にそって、レンガづくりや木《き》づくりの建物《たてもの》がならんでいる。

ジャックが、本《ほん》をひらいて、ガルベストンの説明《せつめい》を読《よ》みあげた。

> メキシコ湾《わん》に面《めん》したテキサス州《しゅう》の南岸《なんがん》には、海岸線《かいがんせん》にそってほそ長《なが》くのびる島《しま》が、いくつもあります。
> そのなかで、内海《うちうみ》の〈ガルベストン湾《わん》〉と、外海《そとうみ》の〈メキシコ湾《わん》〉のあいだによこたわっているのが〈ガルベストン島《とう》〉です。

「モーガンのメッセージにあった、『内海《うちうみ》と外海《そとうみ》にはさまれた島《しま》』ね」と、アニー。

ガルベストンは、この島《しま》にある港《みなと》の名《な》まえでもあり、町《まち》の名《な》まえでもあります。

〈テキサス共和国《きょうわこく》〉ができたときには、この町《まち》が、共和国《きょうわこく》の首都《しゅと》になりました。

ガルベストン港《こう》は、水深《すいしん》が深《ふか》く、大《おお》きな船《ふね》も立《た》ちよりやすかったので、むかしから、たくさんの船《ふね》が、出入《でい》りしていました。

一八〇〇年代《ねんだい》の後半《こうはん》になると、アメリカ第三位《だいさんい》の港《みなと》として、重要《じゅうよう》な役目《やくめ》をはたすようになりました。四十五《よんじゅうご》もの汽船会社《きせんがいしゃ》が定期航路《ていきこうろ》をもち、世界《せかい》じゅうから、物資《ぶっし》をはこぶ船《ふね》がやってきました。また、綿花《めんか》などアメリカ南部《なんぶ》の産物《さんぶつ》は、ここから世界《せかい》じゅうへはこばれていきました。

一八〇〇年代《ねんだい》のおわりには、ガルベストンは、三万六千人《さんまんろくせんにん》の人《ひと》がくらす、テキサス州《しゅう》でいちばん大《おお》きな都市《とし》になっていました。

また、ロシアや日本《にっぽん》など、十六《じゅうろっ》か国《こく》が領事館《りょうじかん》をおいていました。

「へえ！　ガルベストンって、この時代《じだい》は、そんなに有名《ゆうめい》な都市《とし》だったんだ」ジャックは、びっくりして言《い》った。

「でも……どうしてぼくらの時代《じだい》には、有名《ゆうめい》じゃなくなっちゃったんだろう？」

島《しま》の北《きた》がわ、ガルベストン湾《わん》に面《めん》して港《みなと》がありました。港《みなと》に近《ちか》い〈B通り《ビーどおり》〉には、銀行《ぎんこう》や貿易会社《ぼうえきがいしゃ》などが集《あつ》まっていました。この通《とお》りは、ニューヨークの金融街《きんゆうがい》になぞらえて、〈南部《なんぶ》のウォール街《がい》〉とよばれるほど、ビジネスがさかんでした。

ガルベストンはとても進歩的《しんぽてき》な町《まち》で、一九〇〇年当時《ねんとうじ》にはまだめずらしい施設《しせつ》も、この町《まち》にはそろっていました。

たとえば、郵便局《ゆうびんきょく》、オペラハウス、孤児院《こじいん》などです。また、テキサスではじめての野球《やきゅう》チームもありました。さらに、ガス灯《とう》、電話線《でんわせん》、電灯《でんとう》がとりつけられたのも、テキサスでは、ガルベストンがはじめてでした。

島《しま》の南《みなみ》がわにはうつくしい海水浴場《かいすいよくじょう》が広《ひろ》がり、海《うみ》の上《うえ》につくられた、大《おお》きな海《うみ》の家《いえ》もありました。
そんなガルベストンは、旅行客《りょこうきゃく》にも、たいへん人気《にんき》がありました。

とたんにアニーが、そわそわしはじめた。

「海《うみ》の上《うえ》につくられた海《うみ》の家《いえ》だって！　お兄《にい》ちゃん、はやく見《み》に行《い》きましょうよ」

「ちょっとまった」ジャックが、本《ほん》にしおりをもどしながら言《い》った。

「ぼくたちがここに来《き》たのは、悲劇《ひげき》にあってこまっている人《ひと》をたすけるためなんだぞ」

「そんなこと、わかってるわ」

そのとき、黒《くろ》い雲《くも》が広《ひろ》がって、あたりが急《きゅう》に暗《くら》くなった。

と同時《どうじ》に、ひんやりとつめたい風《かぜ》がふきはじめ、まもなく、ポツポツと雨《あめ》がふりだした。

「なんだか、わたしたちが家《いえ》を出《で》たときのお天気《てんき》と、そっくりね」

ツリーハウスの中《なか》を見《み》まわすと、ふたりが持《も》ってきたかさはなくなっていた。かわりに、大《おお》きな黒《くろ》いかさが一本《いっぽん》、床《ゆか》の上《うえ》におかれている。

アニーが、かさをとりあげた。持《も》ち手《て》の部分《ぶぶん》は、竹《たけ》でできている。

「うわあ、このかさ、すごく重《おも》い！」

ジャックも持《も》ってみた。たしかにずっしりと重《おも》い。

「これは、ぼくが持《も》っていくよ」

ジャックは、本《ほん》をリュックに入《い》れて背負《せお》うと、リュックと背中《せなか》のあいだに、かさをしっかりとはさみこんだ。

「じゃあ、わたしが先《さき》におりるわね」アニーが、なわばしごをおりていった。

ジャックも、すぐにあとを追《お》う。

なわばしごをおりるあいだに、雨《あめ》がはげしくなってきた。

地面《じめん》におりて、さっそくかさをひらくと、そのかさは、ふたりでゆったりはいれるぐらい大《おお》きかった。

歩《ある》きだそうとして、ジャックははじめて、カシの木《き》のすぐうしろに家《いえ》がたっていることに気《き》づいた。

「あれっ？　もしかしてここは、だれかの家《いえ》の庭《にわ》じゃないか！」

家《いえ》は二階《にかい》だてで、壁《かべ》はあざやかな青色《あおいろ》にぬられている。

(ずいぶん背《せ》の高《たか》い家《いえ》だな……)

そう思《おも》って、よく見《み》ると、家《いえ》の床《ゆか》が、地面《じめん》から二メートルほど高《たか》くなっている。玄《げん》関《かん》までは、十数段《じゅうすうだん》の階段《かいだん》をあがるようになっていた。

そのとき、家《いえ》の中《なか》から、赤《あか》ちゃんの泣《な》き声《ごえ》が聞《き》こえてきた。

だれかが、子守歌《こもりうた》をうたってあやしている。

ねんねん　ころり　泣《な》かないで
パパが　モノマネドリ　買《か》ってくるから
……

「きれいな声《こえ》ね」アニーがつぶやいた。

「いまのうちにここを出《で》よう。見《み》つかって、どろぼうとまちがわれたらたいへんだ」

ふたりは、やさしい歌声《うたごえ》を聞《き》きながら、しのび足《あし》でその場《ば》をはなれた。

これは、ハリケーン？

青《あお》い家《いえ》の庭《にわ》は、鉄《てつ》のフェンスで、ぐるりとかこわれていた。

ジャックとアニーは、レース編《あ》みのように細工《さいく》された鉄《てつ》の扉《とびら》をそっとあけて、通《とお》りに出《で》た。

歩道《ほどう》に、〈Ｌ通《エルどお》り〉と書《か》かれた標識《ひょうしき》が立《た》っている。

「アニー、ここはＬ通《エルどお》りだって。おぼえておいて」

「わかった。マジック・ツリーハウスは、Ｌ通《エルどお》りの、鉄《てつ》のフェンスにかこわれた青《あお》い家《いえ》の庭《にわ》にある、大《おお》きなカシの木《き》の上《うえ》、ね」

風《かぜ》が強《つよ》くなってきた。歩道《ほどう》に植《う》えられた木《き》の枝《えだ》が、ざわざわとゆれている。

雨《あめ》は、それほどでもないかと思《おも》っていると、急《きゅう》にはげしくふったりする。

ふたりは、重《おも》いかさをいっしょに持《も》ちながら、Ｌ通《エルどお》りを歩《ある》きはじめた。

通《とお》りの両《りょう》がわには、青《あお》い家《いえ》とおなじような住宅《じゅうたく》がならんでいる。

「どの家《いえ》も、床《ゆか》が高《たか》くつくってあるね」ジャックが言《い》った。

「ほんと。雨《あめ》の日《ひ》でも、床下《ゆかした》であそべそう」と、アニー。

通《とお》りは、雨《あめ》でぬかるみ、あちこちに水《みず》たまりができている。

ビュウウウ―――ッ！

ふいに突風《とっぷう》がふきつけ、ジャックたちは、かさをとばされそうになった。

「ああ、びっくりした！　かさといっしょに、とんでいっちゃうかと思《おも》った」

アニーがそう言《い》ったとき、うしろから荷馬車《にばしゃ》が走《はし》ってきた。

「あぶない！　あっ……」

アニーをかばおうとしたジャックが、足《あし》をすべらせてころんだ。

すると、いっしょにかさを持《も》っていたアニーも、ジャックの上《うえ》にたおれこんだ。

バシャッ！

荷馬車《にばしゃ》は、ふたりにどろ水《みず》をあびせて、通《とお》りすぎていった。

「ちょっと！」

ジャックがもんくを言《い》ったが、荷馬車《にばしゃ》はスピードもゆるめずに、行《い》ってしまった。

ジャックもアニーも、全身《ぜんしん》びっしょりだ。

ふたりは、また歩《ある》きだしたが、風《かぜ》があちこちからふいてくるので、かさをさしていても、ほとんど役《やく》に立《た》たない。

「これじゃ、まともに歩《ある》くこともできないよ！」ジャックが悲鳴《ひめい》をあげた。

「どこか、雨《あま》やどりできるところはないかしら」アニーが提案《ていあん》する。

「そうだね……」

ふたりが、風《かぜ》によろけながら歩《ある》いていくと、これまででいちばん広《ひろ》い通《とお》りにぶつかった。

交差点《こうさてん》の角《かど》に、町《まち》の地図《ちず》がある。それを見《み》て、ジャックは思《おも》わず声《こえ》をあげた。

「アニー、見《み》てごらん。この町《まち》、チェス盤《ばん》みたいだよ！」

ガルベストンの町《まち》は、北《きた》と南《みなみ》を海《うみ》にはさまれている。北《きた》のガルベストン湾《わん》がわに港《みなと》がある。南《みなみ》はメキシコ湾《わん》だ。そこに、じょうぎで引《ひ》いたようにまっすぐな道路《どうろ》が、たてよこおなじ間《かん》かくで走《はし》っている。

さらによく見《み》ると、よこの道路《どうろ》は、上《うえ》から〈A通《エーどお》り〉、〈B通《ビーどお》り〉、〈C通《シーどお》り〉……と、ABC順《エービーシーじゅん》の名《な》まえがついている。いっぽう、たての道路《どうろ》は、右《みぎ》から〈一番街《いちばんがい》〉、〈二番《にばん》街《がい》〉、〈三番街《さんばんがい》〉……というように、数字《すうじ》がふられていた。

「で、わたしたちは、いまどこにいるの？」アニーがたずねた。

「えーと、ぼくたちが歩《ある》いてきたのは〈Ｌ通《エルどお》り〉だから……」ジャックは、右手《みぎて》で、よこの道路《どうろ》のＬ通《エルどお》りをなぞった。

「そして、この広《ひろ》い通《とお》りにぶつかった」ジャックは、右手《みぎて》はそのままにして、左手《ひだりて》でたての道路《どうろ》をたどった。

「この広《ひろ》い通《とお》りは〈二十五番街《にじゅうごばんがい》〉か。ぼくたち、ちょうど町《まち》のまん中《なか》にいるんだな」

ふたりは、近《ちか》くに雨《あま》やどりできるところがないか、あたりを見《み》わたした。

「お兄《にい》ちゃん、あそこに、コーヒーショップがあるわ」

店《みせ》の入口《いりぐち》に、〈**カフェ　ひとつ星《ぼし》**〉という看板《かんばん》がかかっている。

「お金《かね》を持《も》ってないけど、中《なか》ですこし休《やす》ませてもらえないか、聞《き》いてみよう」

ジャックとアニーは、店《みせ》のまえへ行《い》くと、かさをたたんで、ドアをおした。

カラン、コロン！

ドアにとりつけられたベルが、音《おと》をたてた。

Lunch

店《みせ》の中《なか》は、むっとするほどしめっぽく、ジャックのめがねがくもってしまった。

「いらっしゃーい！」

カウンターの奥《おく》から、店《みせ》の女主人《おんなしゅじん》が出《で》てきて、ふたりに声《こえ》をかけた。

「すみません……。外《そと》がすごい雨《あめ》なので、ちょっと休《やす》ませていただけますか？」

「あらあら、かわいそうに。びしょぬれじゃない。いいわよ。どうぞ！」

ふたりが窓《まど》ぎわの席《せき》にすわると、女主人《おんなしゅじん》が、かわいたタオルを持《も》ってきてくれた。

「これを使《つか》って」

「ありがとうございます」

ふたりが礼《れい》を言《い》って、顔《かお》や頭《あたま》をふいていると、カウボーイ・ハットをかぶったお客《きゃく》がはいってきた。

「いやはや、ひどい天気《てんき》だ！　コーヒー！」

カウボーイ・ハットの男《おとこ》の人《ひと》は、元気《げんき》よく言《い》って、カウンター席《せき》にすわった。

つぎに、花《はな》かざりの帽子《ぼうし》をかぶった女《おんな》の人《ひと》がふたり、入口《いりぐち》でかさをふり、水《みず》を切《き》ってから、店内《てんない》にはいってきた。席《せき》につくと、すぐにおしゃべりをはじめる。

アニーが、ジャックにささやいた。

「みんな、とっても明《あか》るいわ。ここで、どんな悲劇《ひげき》がおこるっていうのかしら……」

そこへ、スカートをびしょぬれにした女性《じょせい》がはいってきた。

カウンターのむこうから、女主人《おんなしゅじん》が声《こえ》をかける。

「アリスさん、いらっしゃい！……あら、どうしたの？　深刻《しんこく》な顔《かお》して」

「本土《ほんど》から電話《でんわ》がかかってると知《し》らせがあって、電話局《でんわきょく》に行《い》ってきたんだけど……」

店《みせ》にいた客《きゃく》が、いっせいに、女性《じょせい》に顔《かお》をむけた。

女主人《おんなしゅじん》が、興味《きょうみ》しんしんしんという表情《ひょうじょう》でたずねる。

「まあ。電話《でんわ》なんて、料金《りょうきん》も高《たか》いのに、わざわざ本土《ほんど》からかけてくるとは、よほどたいせつな用事《ようじ》だったんですね」

アニーが、そっと耳《みみ》うちする。

「お兄《にい》ちゃん。この時代《じだい》はまだ、おうちに電話《でんわ》がなかったのかしら」

「そうみたいだね」と、ジャック。

アリスさんが、カウンター席《せき》にすわって、話《はな》しはじめた。

「電話《でんわ》は、本土《ほんど》のしんせきからで、『大《おお》きなハリケーンが来《く》るから、すぐに避難《ひなん》しなさい』って、言《い》うの」

アニーが、ジャックに確認《かくにん》する。

「ハリケーンって、雨《あめ》も風《かぜ》ももうれつにすごい、大嵐《おおあらし》のことでしょ？」

「うん。アメリカの南部《なんぶ》にハリケーンが上陸《じょうりく》したっていうニュースは、よく聞《き》くよ」

女主人《おんなしゅじん》が言《い》った。

「へんねえ。大《おお》きなハリケーンが近《ちか》づいているなら、気象局《きしょうきょく》から警報《けいほう》が出《で》るでしょうけど、なんにも発表《はっぴょう》されてないですよ。そのごしんせきは、どうして、ハリケーンが来《く》ると思《おも》ったんでしょうね？」

「それが……」アリスさんは、ちょっと口《くち》ごもってからつづけた。

「……『カモメが飛《と》んでいるのを見《み》た』って言《い》うの」

店《みせ》じゅうから、どっと笑《わら》い声《ごえ》があがった。

さっきまで真顔《まがお》だった女主人《おんなしゅじん》も、笑《わら》っている。

「カモメは、いつだって飛《と》んでますよ！　それがどうして、ハリケーンが来《く》るってことになるんです？」

だがアリスさんは、顔《かお》をしかめたまま、つづけた。

「しんせきが言《い》うには、ふつう、海鳥《うみどり》のカモメが、そんな内陸《ないりく》まで来《く》ることはないんですって。だから、そのカモメは、野生動物《やせいどうぶつ》の本能《ほんのう》で、とても大《おお》きなハリケーンが来《く》ることを察知《さっち》して、安全《あんぜん》な場所《ばしょ》までにげてきたんだろう、って」

「ええ？　そんなことって、あるかしら……」

女主人《おんなしゅじん》は、信《しん》じられないというふうに、首《くび》をかしげた。

アニーが、小声《こごえ》で言《い》った。

「お兄《にい》ちゃん。わたし、あの人《ひと》の話《はなし》を信《しん》じる」

「うん……でも、もうすこし話《はなし》を聞《き》いてみようよ」と、ジャック。

アリスさんがつづける。

「それだけじゃないの。今朝《けさ》から気圧《きあつ》がどんどん下《さ》がってる、とも言《い》っていたわ」

そこで、さっきのカウボーイ・ハットの男《おとこ》の人《ひと》が言《い》った。

「はっはっ。本土《ほんど》の人《ひと》は、こわがりだからなあ。われわれガルベストンの住人《じゅうにん》は、嵐《あらし》にはなれっこだ。これぐらいの雨風《あめかぜ》、どうってことないさ！」

ジャックは、窓《まど》の外《そと》に目《め》をやった。

窓《まど》には、さっきからずっと、はげしい雨《あめ》がうちつけている。

だが、こんな日《ひ》でも、ひっきりなしに馬車《ばしゃ》が通《とお》り、人々《ひとびと》が歩道《ほどう》を歩《ある》いていた。

男《おとこ》の人《ひと》が帽子《ぼうし》をとばされ、あわてて追《お》いかけていく。それを見《み》た通行人《つうこうにん》が、げらげら笑《わら》っている……。

ふいに、店《みせ》の奥《おく》で、女《おんな》の人《ひと》が声《こえ》をあげた。

「ああ！　そういえば今朝《けさ》、空《そら》がオレンジ色《いろ》に染《そ》まっているのを見《み》たわ。あれは、ハリケーンとなにか関係《かんけい》があるのかしら」

「それって、朝《あさ》やけじゃなくて？」と、つれの女《おんな》の人《ひと》が言《い》う。

最初《さいしょ》の女《おんな》の人《ひと》が、首《くび》をよこにふった。

「いいえ、朝《あさ》やけじゃないわ。だって、夜《よ》が明《あ》けて、だいぶたってからですもの」

すると、べつの席《せき》にすわっていた男《おとこ》の人《ひと》も、ふりかえって言《い》った。

「それなら、わしも見《み》たぞ。ピンクがかった、サンゴのような色《いろ》だった。朝九時《あさくじ》に、

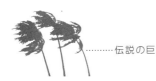

あんな色《いろ》の空《そら》を見《み》たのは、はじめてだよ」

それをきっかけに、ふたたび議論《ぎろん》がはじまった。

「オレンジ色《いろ》の空《そら》、わたしも見《み》たわ」

「それとハリケーンは、関係《かんけい》ないだろう」

「いいや。空《そら》がオレンジ色《いろ》になるのは、ハリケーンのまえぶれだって、どこかで聞《き》いたことがあるぞ」

とうとう、店《みせ》の中《なか》は大《おお》さわぎになってしまった。

アニーが、ジャックをつついた。

「ねえ、お兄《にい》ちゃん。ハリケーンのこと、本《ほん》に書《か》いてない？」

「よし、調《しら》べてみよう」

ジャックは、リュックから『テキサスの歴史《れきし》』を出《だ》し、「ハリケーン」という見出《みだ》しのついたページをひらいた。


大西洋《たいせいよう》や、太平洋《たいへいよう》の東《ひがし》がわなど、アメリカ周辺《しゅうへん》で発生《はっせい》する熱帯低気圧《ねったいていきあつ》のうち、

とくに雨《あめ》や風《かぜ》が強《つよ》いものを〈ハリケーン〉とよびます。ほとんどのハリケーンは、勢力《せいりょく》を強《つよ》めながら北西《ほくせい》へ進《すす》み、その後《ご》、北《きた》、北東《ほくとう》、と進路《しんろ》をかえて、やがてふつうの低気圧《ていきあつ》となって、消《き》えていきます。

また、太平洋《たいへいよう》の西《にし》がわで発生《はっせい》する強《つよ》い熱帯低気圧《ねったいていきあつ》は〈タイフーン〉、インド洋《よう》周辺《しゅうへん》などで発生《はっせい》するものは〈サイクロン〉とよばれ、ハリケーンとおなじように、移動《いどう》していきます。

これらの熱帯低気圧《ねったいていきあつ》が近《ちか》づいたり、そばを通《とお》ったりしたとき、朝《あさ》やけでも夕《ゆう》やけでもないのに、空《そら》がオレンジ色《いろ》に染《そ》まることがあります。

これは、低気圧《ていきあつ》がおこす風《かぜ》で、地面《じめん》の砂《すな》やほこりが空中高《くうちゅうたか》くふきあげられ、それらのつぶに、太陽《たいよう》の光《ひかり》が反射《はんしゃ》しておこる現象《げんしょう》です。

「ええっ？　それじゃ、やっぱりハリケーンが来《く》るの？」と、アニー。

「うーん。『熱帯低気圧《ねったいていきあつ》が近《ちか》づいたり、そばを通《とお》ったりしたとき』って書《か》いてあるから、ハリケーンが〝かならず来《く》る〟と、決《き》まったわけじゃない――と思《おも》うよ」

ふたりは、となりの席《せき》にすわっている老夫婦《ろうふうふ》に、目《め》をむけた。

ご主人《しゅじん》のほうは、新聞《しんぶん》を広《ひろ》げ、奥《おく》さんのほうは、コーヒーをのんでいる。

新聞《しんぶん》の一面《いちめん》には、『ガルベストン・ニューズ　一九〇〇年《ねん》九月八日《がつようか》』と印刷《いんさつ》されている。

アニーが、老夫婦《ろうふうふ》に声《こえ》をかけた。

「あのう、ちょっとおたずねしますけど……」

白髪《しらが》のご主人《しゅじん》が、新聞《しんぶん》から目《め》をはなして、アニーに顔《かお》をむけた。

「ハリケーンが来《く》ると、いったいなにが問題《もんだい》なんですか？」

すると、めがねをかけた奥《おく》さんが、笑《わら》いながらたずねてきた。

「まあ、ほほほ……。あなたたち、ガルベストンは、はじめて？」

「はい。ぼくら、ペンシルベニア州《しゅう》からついたばかりなんです」ジャックがこたえた。

「ペンシルベニア州《しゅう》？　北部《ほくぶ》のほうね。それじゃ、ハリケーンのことは知《し》らないでしょう。ハリケーンはねえ、雨《あめ》もすごいけど、風《かぜ》がものすごいの。まるで竜巻《たつまき》みたいなのよ。屋根《やね》がはがれて、空《そら》を飛《と》ぶことだってあるわ」

The Galveston News

「いやいや、それだけじゃあないぞ」ご主人《しゅじん》が口《くち》をはさんだ。

「ハリケーンでもっともおそろしいのは、高潮《たかしお》だ」

「高潮《たかしお》？」

「海《うみ》が荒《あ》れて、波《なみ》が高《たか》くなったのが、強風《きょうふう》で海岸《かいがん》にふきよせられる。それが高潮《たかしお》だよ。ハリケーンのときは、海面《かいめん》がふだんより高《たか》くなっているから、数《すう》メートルもの大波《おおなみ》になることもあるんだ」

「それにね、高潮《たかしお》は、つぎからつぎへうちよせてきて、なかなか引《ひ》かないから、低《ひく》い土地《とち》は、すぐ洪水《こうずい》になってしまうの」奥《おく》さんが言《い》った。

「ガルベストンの町《まち》は、いちばん高《たか》いところで、海抜《かいばつ》三メートルしかない。海水浴場《かいすいよくじょう》のあたりは、海《うみ》と地面《じめん》の高《たか》さが、ほとんど変《か》わらん。だから、この島《しま》では、みな高《たか》い支柱《しちゅう》の上《うえ》に家《いえ》をたてて、床《ゆか》を高《たか》くしているんだよ」

ジャックは、はっとした。

（『低《ひく》い土地《とち》』……『洪水《こうずい》』……『床《ゆか》を高《たか》く』……）

モーガンのメッセージに書《か》かれていたことばが、頭《あたま》の中《なか》にうかびあがった——「『高《たか》い建物《たてもの》へにげて』とよびかけること」……。

(『ガルベストンをおそった悲劇《ひげき》』って、もしかしたら……)

ジャックは、さっき読《よ》みかけた〈ガルベストン〉のページをひらいて、目《め》で追《お》った。

そんなガルベストンは、旅行客《りょこうきゃく》にも、たいへん人気《にんき》がありました。

(ここは、さっき読《よ》んだ。このあとだ……)

ジャックは、いそいでページをめくり、そこで、ぴたりと手《て》をとめた。

——しかし、一九〇〇年《ねん》九月八日《がつようか》、すべてが一変《いっぺん》しました。

この日《ひ》、ガルベストンは、巨大《きょだい》ハリケーンに直撃《ちょくげき》されたのです。

(なんだって!?)

ジャックは、心《こころ》の中《なか》で、思《おも》わず声《こえ》をあげた。

だれも信《しん》じてくれない

ジャックは、ふるえる手《て》でページをめくった。

この日《ひ》の朝《あさ》、ガルベストン島《とう》で、空《そら》がオレンジ色《いろ》に染《そ》まっているのが目撃《もくげき》されました。しかし、これが巨大《きょだい》ハリケーン接近《せっきん》のまえぶれだということを知《し》る人《ひと》は、ほとんどいなかったのです。

昼《ひる》まえから雨《あめ》がふりだし、風《かぜ》が強《つよ》まりました。午後《ごご》になると、風《かぜ》はますますはげしくなり、気象局《きしょうきょく》の風速計《ふうそくけい》がふきとばされてしまいました。

この強風《きょうふう》に、木造《もくぞう》の家《いえ》は、ひとたまりもありませんでした。窓《まど》ガラスがわれ、屋根《やね》がふきとび、ふとい柱《はしら》が空《そら》を舞《ま》いました。さらに、四メートルをこえる高潮《たかしお》が、町《まち》をのみこみました。たくさんの家《いえ》が、土台《どだい》から引《ひ》きはがされ、おし流《なが》されたのです。

メキシコ湾《わん》に面《めん》した南東部《なんとうぶ》でのこった建物《たてもの》は、レンガづくりのウルスラ女子修《じょししゅう》道院《どういん》など、ごくわずかでした。

（なんてことだ……！）
ジャックは、口《くち》の中《なか》が、からからになった。

これほどの被害《ひがい》が出《で》た災害《さいがい》は、アメリカじゅうでも例《れい》がなく、アメリカの歴史《れきし》はじまって以来《いらい》、最大《さいだい》の自然災害《しぜんさいがい》となりました。
この災害《さいがい》は、のちに、〈ガルベストンの巨大《きょだい》ハリケーン〉〈一九〇〇年《ねん》のガルベストン・ハリケーン〉などとよばれ、人々《ひとびと》に語《かた》りつがれています。

「お兄《にい》ちゃん、どうかした？」アニーが、ジャックの顔《かお》をのぞきこんだ。
ジャックは、アニーの前《まえ》に、そっと本《ほん》をさしだした。
読《よ》みおわったアニーの顔《かお》は、まっ青《さお》になっていた。

ジャックが、かすれた声《こえ》で言《い》った。

「確認《かくにん》だけど……今日《きょう》は、ほんとうに一九〇〇年《ねん》の九月八日《がつようか》？」

アニーが、また、となりの夫婦《ふうふ》にたずねた。

「あの、すみません。今日《きょう》は、なん日《にち》ですか？」

「九月八日《がつようか》よ」と、奥《おく》さんがにこやかにこたえた。

「一九〇〇年《ねん》の……ですよね」

「ええ、そうよ。十九世紀《じゅうきゅうせいき》最後《さいご》の、記念《きねん》すべき年《とし》ですよ」

ジャックは、ふるえをおさえるように、両手《りょうて》をかたくにぎりしめた。

（これで、モーガンのメッセージの意味《いみ》がわかったぞ。『**大《おお》きな悲劇《ひげき》**』というのは、巨大《きょだい》ハリケーンのことだったんだ！　いますぐ、みんなに言《い》わなくちゃ。『**高《たか》い建物《たてもの》へにげて**』って……）

ジャックは、さっと立《た》ちあがり、店内《てんない》の客《きゃく》にむかって、大声《おおごえ》でうったえた。

「この嵐《あらし》は、ハリケーンです！――もうすぐ高潮《たかしお》が来《き》ます。**みなさん、いますぐ、高《たか》い建物《たてもの》へにげてください！**」

ところが、となりの席《せき》の奥《おく》さんが、ほほほと笑《わら》って言《い》った。

「まあ、ぼうや。ご忠告《ちゅうこく》ありがとうね。でも、わたくしたちは、だいじょうぶよ」

ご主人《しゅじん》のほうも、読《よ》んでいた新聞《しんぶん》を指《ゆび》さして言《い》った。

「そうだよ、心配《しんぱい》はいらん。ほら、新聞《しんぶん》にもこう書《か》いてある——

『現在《げんざい》、メキシコ湾《わん》を移動《いどう》している熱帯低気圧《ねったいていきあつ》について、ガルベストン気象局《きしょうきょく》は、とくに心配《しんぱい》はいらない、とコメントしている。この熱帯低気圧《ねったいていきあつ》は、テキサスの手《て》まえで大《おお》きく方向《ほうこう》を変《か》え、ルイジアナを通《とお》って、大西洋《たいせいよう》にぬけると予想《よそう》される』」

アニーが、ジャックに顔《かお》をよせて、ささやいた。

「あの新聞《しんぶん》は、インチキね！　気象局《きしょうきょく》がまちがえるわけないじゃない」

「いや、まちがえることもあるんじゃないかな。だって、この時代《じだい》には、お天気《てんき》レーダーも、気象衛星《きしょうえいせい》もなかったんだから……。ああ、だけど、いったいどうすれば、ハリケーンが来《く》ることを、わかってもらえるんだろう？　この本《ほん》を見《み》せるわけにはいかないし、見《み》せても、信《しん》じてくれるわけないし……」

ジャックは、頭《あたま》をかかえた。

そのとき、ドアのベルが、カラン、コロンと鳴《な》って、口《くち》ひげをはやしたスーツ姿《すがた》の紳士《しんし》がはいってきた。

「あら、バートンさん、いいところへ！」店《みせ》の女主人《おんなしゅじん》が、うれしそうな声《こえ》をあげた。

「いま、この嵐《あらし》がハリケーンかどうか、議論《ぎろん》していたところですよ。バートンさんの事務所《じむしょ》は、気象局《きしょうきょく》のおとなりでしょう？　なにかごぞんじじゃありません？」

バートンさんは、ウォッホン！とせきばらいしてから、店内《てんない》を見《み》まわした。

「その件《けん》についてだが、しょくん、この嵐《あらし》はハリケーンですぞ！」

店《みせ》じゅうが、しーんとしずまりかえった。

（ああ、よかった。この人《ひと》が、みんなに説明《せつめい》してくれる！）

ジャックは、ほっと息《いき》をついた。

バートンさんが、いかめしい声《こえ》でつづける。

「先日《せんじつ》キューバに大雨《おおあめ》をふらせた熱帯低気圧《ねったいていきあつ》が、メキシコ湾《わん》を北西《ほくせい》に移動《いどう》しながら大《おお》きくなって、ハリケーンに変《か》わったそうだ。ついさっき、気象局《きしょうきょく》は、〈ハリケーン接《せっ》近《きん》〉の警告旗《けいこくき》をかかげましたぞ！」

「えっ、気象局《きしょうきょく》が!?」

「気象局《きしょうきょく》が言《い》うんじゃ、まちがいないな……」

店内《てんない》の人《ひと》たちは、口々《くちぐち》に不安《ふあん》そうな声《こえ》をあげた。

すると、バートンさんは、とつぜんおだやかな口調《くちょう》になって言《い》った。

「それで、わしはさっき、気象局《きしょうきょく》へ確認《かくにん》しに行《い》ってきた。若《わか》い観測員《かんそくいん》の話《はなし》によると、ハリケーンは、こちらへむかっているものの、勢力《せいりょく》はたいしたことなく、かくべつのきけんはないそうだ。そりゃもちろん、注意《ちゅうい》するにこしたことはない。だが、わざわざ避難《ひなん》する必要《ひつよう》はないだろう、とのことだったよ」

(そ、そんなばかな!)

ジャックは、耳《みみ》をうたがった。

客《きゃく》たちは、みな、胸《むね》をなでおろしている。

「ほうら、おれの言《い》ったとおりだろう?」

「やっぱり、いつもどおりでいいんだな」

「うちは、もう、窓《まど》に板《いた》をうちつけてあるから、安心《あんしん》よ」

ふいに、風《かぜ》の大《おお》きな音《おと》がして、建物《たてもの》がガタガタガタとゆれた。

人々《ひとびと》は、いっしゅん口《くち》をつぐんだが、すぐにまた、おしゃべりをはじめた。

アリスさんも、ほっとした表情《ひょうじょう》で、女主人《おんなしゅじん》に言《い》った。

「安心《あんしん》したわ。電話《でんわ》をくれたしんせきに、『こっちは、だいじょうぶ』と言《い》ったけど、じつは、ちょっと不安《ふあん》だったの」

「ここらへんは、島《しま》でもいちばん海抜《かいばつ》が高《たか》いから、洪水《こうずい》になることも、めったにありませんしねえ」と、女主人《おんなしゅじん》。

「それじゃ、わたしはそろそろ家《いえ》に帰《かえ》るわ。コーヒーごちそうさま」

出口《でぐち》へむかうアリスさんに、女主人《おんなしゅじん》が声《こえ》をかけた。

「どうぞお気《き》をつけて！　また来《き》てくださいね」

ジャックは、いてもたってもいられなくなった。

「四メートルをこえる高潮《たかしお》が来《く》るんですよ！」と、大声《おおごえ》でさけびたい。

だが、バートンさんの自信《じしん》たっぷりな発言《はつげん》で、店内《てんない》の人《ひと》たちは安心《あんしん》しきっている。

子《こ》どもの言《い》うことなど、だれが信《しん》じてくれるだろう。

アニーが、立《た》ちあがった。

「お兄《にい》ちゃん、このへんは島《しま》でいちばん高《たか》いそうだから、高潮《たかしお》は来《こ》ないのかもしれないわ。いちばんあぶないのは、低《ひく》いところにいる人《ひと》よ。海岸《かいがん》のほうへ行《い》って、『高《たか》い建物《たてもの》へにげて』って、よびかけなきゃ！」

「そうか。そうだね！」ジャックも、立《た》ちあがった。

女主人《おんなしゅじん》は、カウンターをはさんで、お客《きゃく》とおしゃべりしていた。

「あの……ありがとうございました。ぼくたち、海岸《かいがん》のほうへ行《い》ってみます」

すると、すっかりくつろいだようすのバートンさんが言《い》った。

「おお、それなら、海水浴場《かいすいよくじょう》へ行《い》ってみるといい。わしもさっき見《み》てきたが、いやあ、おどろいたよ。あんな大波《おおなみ》は、めったに見《み》られるもんじゃない！　町《まち》の人《ひと》たちも、おおぜい見物《けんぶつ》に……」

（町《まち》の人《ひと》たちが、おおぜい……!?）

ジャックとアニーは、バートンさんの話《はなし》を最後《さいご》まで聞《き》かずに、店《みせ》をとびだした。

はやく、にげろ！

外《そと》は、雨《あめ》も風《かぜ》も、ますますはげしくなっていた。

「すごい風《かぜ》だ！」

ジャックが、かさを広《ひろ》げたところへ、また突風《とっぷう》がふいてきた。

「あっ！」

かさは、ジャックの手《て》をはなれ、のたうつように通《とお》りのむこうへとんでいく。

いっしゅんのできごとだった。

「この風《かぜ》じゃ、どっちみち、かさは役《やく》に立《た》たないわ。いいから行《い》きましょ！」

「そうだね。しかたがない」

「海水浴場《かいすいよくじょう》は、どっち？」アニーが聞《き》いた。

「えーと……」ジャックは、さっき見《み》た地図《ちず》を思《おも》いだしながら、言《い》った。

「島《しま》の北《きた》がわが港《みなと》で、南《みなみ》が海水浴場《かいすいよくじょう》だから……あっちだ！」

ふたりは、風《かぜ》を背《せ》にうけながら、二十五番街《にじゅうごばんがい》を南《みなみ》にむかって歩《ある》きだした。

ジャックはすぐに、町《まち》のようすがおかしいことに気《き》づいた。

道路《どうろ》がすっかり水《みず》びたしになり、川《かわ》のようになっている。

水《みず》は、あちこちから流《なが》れこんできて、ジャックたちの目《め》のまえでぶつかりあい、バシャバシャとしぶきをあげていた。

ふと見《み》ると、水《みず》の中《なか》に、魚《さかな》が泳《およ》いでいるではないか！　少年《しょうねん》たちが、網《あみ》やバケツを持《も》ちだして、大《おお》よろこびで魚《さかな》をすくおうとしている。

だが、もっときみょうなことがあった。

板《いた》ばりの歩道《ほどう》の上《うえ》に、見《み》たこともないほどたくさんのヒキガエルが、びっしりとはりついているのだ。

よく見《み》ると、木《き》にも、屋根《やね》にも、流《なが》れてくる板《いた》きれの上《うえ》にもへばりついている。

「このたくさんのカエル、どこから来《き》たのかしら。こんなの見《み》たことないわ」

アニーが、身《み》ぶるいしながら言《い》ったとたん、こんどは、むこうからネズミの群《む》れが走《はし》ってきて、雨《あま》どいをつたい、屋根《やね》の上《うえ》へとかけのぼっていった。

「動物《どうぶつ》たちのようすがおかしい。やっぱり、とんでもないハリケーンが、近《ちか》づいてきてるんだ……！」

ふたりは、風《かぜ》におしたおされそうになりながら、海《うみ》の方向《ほうこう》に進《すす》んでいった。

雨《あま》つぶが、まるで氷《こおり》のようにつめたい。

やがて、通《とお》りの両《りょう》がわに建物《たてもの》がなくなり、目《め》のまえの視界《しかい》がひらけた。

海岸通《かいがんどお》りには、子《こ》どもから老人《ろうじん》まで、おおぜいの見物人《けんぶつにん》が集《あつ》まっていた。バートンさんが言《い》っていたとおりだ。

「えっ、ここが、海水浴場《かいすいよくじょう》……？」

それは、想像《そうぞう》していた風景《ふうけい》と、まったくちがっていた。

波《なみ》が、道路《どうろ》の上《うえ》までおしよせてきていて、砂浜《すなはま》がなくなっている。

道路《どうろ》から海上《かいじょう》にむかって歩道《ほどう》がのび、その先《さき》に、オレンジ色《いろ》の屋根《やね》をのせた「海《うみ》の家《いえ》」がたっていた。だが、屋根《やね》の上《うえ》ではためくテキサスの旗《はた》が、風《かぜ》でずたずたになっている。

ドドド———ン！

海《うみ》の家《いえ》に大波《おおなみ》がぶつかり、空《そら》にむかって、まっ白《しろ》な水《みず》しぶきがあがった。

「おお——っ！」
見物人《けんぶつにん》から、いっせいに歓声《かんせい》があがる。
「すっごい迫力《はくりょく》！」アニーも、思《おも》わず声《こえ》をあげた。
「感心《かんしん》してる場合《ばあい》じゃないよ！」ジャックが、アニーをたしなめた。
つぎのしゅんかん、見物人《けんぶつにん》の目《め》のまえに、とてつもない大波《おおなみ》が立《た》ちあがった。
みんな、あわててあとずさりする。
ドッバ——ン！　バッシャ——ン！
波《なみ》が、大《おお》きな音《おと》とともにくだけた。
その一撃《いちげき》で、海《うみ》の家《いえ》は、土台《どだい》までたたきこわされてしまった。
屋根《やね》や柱《はしら》の残《ざん》がいが、うずまく波《なみ》の上《うえ》で、ぐしゃぐしゃともみあっている。
いっしゅんのできごとだった。
人々《ひとびと》は、ただあっけにとられて、そのようすを見《み》つめるばかりだ。
ジャックは、大《おお》きく息《いき》をすいこむと、見物人《けんぶつにん》たちにむかってさけんだ。
「ここはきけんです！　**いますぐ、高《たか》い建物《たてもの》へにげてください！**」

アニーもさけぶ。

「高《たか》い建物《たてもの》へ、にげてください！」

ジャックとアニーは、大声《おおごえ》をあげながら、人々《ひとびと》のあいだを走《はし》りまわった。

「高潮《たかしお》が来《き》ます！　はやく、にげて！」

「高《たか》い建物《たてもの》へ、にげてくださ――い！」

だが、その声《こえ》は、はげしい風《かぜ》と波《なみ》の音《おと》で、あっというまにかき消《け》されてしまう。

「お兄《にい》ちゃん！　うしろっ！」

とつぜん、アニーが、恐怖《きょうふ》に引《ひ》きつった声《こえ》をあげた。

ジャックがふりかえった。

海《うみ》が、大《おお》きくふくれあがっている。

海面《かいめん》が、どんどん、ぐんぐん、もりあがり、海《うみ》ぜんたいが、うねりながらこちらへおしよせてくる――!!

「きゃああ――っ！」

「高潮《たかしお》だ！　にげろお――！」

人々《ひとびと》が、いっせいに、町《まち》のほうにむかって走《はし》りだした。

ジャックとアニーは、ぼうぜんと立《た》ちすくんだ。あまりのおそろしさに、からだじゅうがこわばって、動《うご》けない。

「なにしてるんだ！」だれかの声《こえ》がした。

ふりむくと、白《しろ》いシャツを着《き》た男《おとこ》の人《ひと》が、ジャックとアニーの腕《うで》をつかんでいる。

男《おとこ》の人《ひと》がさけんだ。

「はやく、にげろ！　波《なみ》にのみこまれるぞ！」

ジャックは、はっとわれにかえった。

ふたりは、男《おとこ》の人《ひと》のあとについて走《はし》りだした。

海水《かいすい》は、どんどんおしよせてくる。

まるで、巨大《きょだい》なかいぶつが、海《うみ》の上《うえ》をはい進《すす》んでくるかのようだ。

ふたりは、大波《おおなみ》を見物《けんぶつ》していた人《ひと》たちといっしょに、必死《ひっし》に走《はし》った。

だれもが、恐怖《きょうふ》に顔《かお》を引《ひ》きつらせている。

だが、おしよせる海水《かいすい》のいきおいはすさまじく、あっというまに、茶色《ちゃいろ》くにごった

水《みず》に、ひざまでおおわれてしまった。

水《みず》の中《なか》を進《すす》みながら、白《しろ》いシャツの男《おとこ》の人《ひと》が言《い》った。

「この嵐《あらし》は、いつもとちがう。これ以上《いじょう》、ひどくならないといいんだが……」

アニーがうったえた。

「ハリケーンが近《ちか》づいているんです。いまよりもっと、ひどくなります。はやく高《たか》い建物《たてもの》へにげてください。ほんとです。信《しん》じて！」

「きみを信《しん》じるよ。ぼくは、従業員《じゅうぎょういん》を帰《かえ》したら、すぐ家《いえ》にもどって、家族《かぞく》と避難《ひなん》する。きみたちは？」

「ぼくたちも、家族《かぞく》のところに帰《かえ》ります」

「よし。じゃあ、ここでお別《わか》れだ。気《き》をつけて！」

男《おとこ》の人《ひと》はそう言《い》うと、ザバザバと水《みず》をわけながら、建物《たてもの》の角《かど》をまがっていった。

そうするあいだにも、足《あし》もとの水位《すいい》は、どんどんあがっていく。

女《おんな》の子《こ》を背負《せお》ったお父《とう》さんが、ふたりのまえを通《とお》りかかった。

と、お父《とう》さんがなにかにつまずき、よろけたひょうしに、女《おんな》の子《こ》がすべり落《お》ちてしまった。

ジャックがとんでいって、水《みず》の中《なか》から、女《おんな》の子《こ》を引《ひ》きあげた。

「うわぁーん！」女《おんな》の子《こ》が、泣《な》き声《ごえ》をあげる。

「ああ、ごめんよ！」

お父《とう》さんがだきあげると、女《おんな》の子《こ》は、お父《とう》さんの首《くび》にしがみついて、顔《かお》をうずめた。

「きみたち、ありがとう」

お父《とう》さんは、女《おんな》の子《こ》をだいて、去《さ》っていった。

ふと見《み》ると、すこし先《さき》の建物《たてもの》のまえで、バスケットをふたつかかえた女《おんな》の人《ひと》が、立《た》ちおうじょうしていた。

そこへ、強《つよ》い風《かぜ》がおそいかかった。

「あっ、ああーっ！」

女《おんな》の人《ひと》は、よろけて、水《みず》の中《なか》にたおれてこんでしまった。

バスケットのふたがあいて、中《なか》から、二匹《にひき》の子犬《こいぬ》がとびだした。

キャン、キャン！　キャン、キャン、キャン！

子犬《こいぬ》たちは、必死《ひっし》に水《みず》をかいていたが、水《みず》のいきおいが強《つよ》すぎて、どんどん流《なが》されてしまう。

アニーはすぐに、水《みず》の中《なか》を走《はし》りだした。

「まって！　バディー！　ベイリー！」女《おんな》の人《ひと》も、金切《かなき》り声《ごえ》をあげて、あとを追《お》う。

ジャックも、追《お》いかける。

子犬《こいぬ》との距離《きょり》はどんどんはなれていく。だが、アニーはあきらめなかった。

やがて、水《みず》の流《なが》れがゆるやかになったところで、ふたりは子犬《こいぬ》をつかまえた。

子犬《こいぬ》をだいて、女《おんな》の人《ひと》のところへもどると、女《おんな》の人《ひと》は、雨《あめ》と涙《なみだ》でぐしゃぐしゃになった顔《かお》で言《い》った。

「ああ、ありがとう！　なんとお礼《れい》を言《い》ったらいいか……！」

そのとき、近《ちか》くの家《いえ》の人《ひと》が、「はやく、うちの二階《にかい》へ！」と声《こえ》をかけた。

女《おんな》の人《ひと》は、子犬《こいぬ》たちをだきかかえ、家《いえ》の中《なか》へはいっていった。

見《み》ると、通《とお》りにいる人々《ひとびと》が、つぎつぎに近《ちか》くの家《いえ》へとはいっていく。

家《いえ》の住人《じゅうにん》が、道行《みちゆ》く人《ひと》を自宅《じたく》の二階《にかい》へとまねき入《い》れているのだ。

アニーが言《い》った。

「わたしたちは、どうする？」

ジャックは、ちょっと考《かんが》えてからこたえた。

「いったん、ツリーハウスに帰《かえ》ろう。あそこなら、きっと安全《あんぜん》だ」

「うん。ツリーハウスなら安全《あんぜん》ね」

ジャックたちは、L通《エルどお》りの青《あお》い家《いえ》をめざして、ふたたび歩《ある》きだした。

しかし、雨《あめ》も風《かぜ》もますます強《つよ》くなり、顔《かお》をあげるどころか、目《め》をあけていることさえままならない。

風《かぜ》の切《き》れまに、かぼそい声《こえ》が聞《き》こえた。

「おおーい、たすけてくれえ……」

声《こえ》のするほうを見《み》ると、通《とお》りの街灯《がいとう》に、ひとりのおじいさんがしがみついている。

「だいじょうぶですか？　ぼくたちに、つかまってください！」

ジャックとアニーは、おじいさんを両《りょう》わきからささえた。

おじいさんは、恐怖《きょうふ》と寒《さむ》さで、ぶるぶるふるえている。

「わ、わ、わしは、七十年《ななじゅうねん》この島《しま》に住《す》んでいるが、こ、こんなひどい嵐《あらし》は、はじめてじゃよ……！」

「とにかく、どこか高《たか》い建物《たてもの》へ避難《ひなん》しましょう」

ふたりは、おじいさんをかかえるようにして、歩《ある》きはじめた。

目《め》もかすむほどの雨《あめ》のむこうに、さっきのコーヒーショップの看板《かんばん》が見《み》えた。

「どうぞ！　うちの二階《にかい》へあがって！」

女主人《おんなしゅじん》が、通《とお》りを行《い》く人《ひと》にむかって、さけんでいる。

「あらっ！　あなたたちは、さっきの……」

女主人《おんなしゅじん》が、ジャックたちに気《き》づいて、声《こえ》をかけた。

「おじいさんを、おねがいします」

ジャックとアニーは、おじいさんを女主人《おんなしゅじん》にあずけると、また出《で》ていこうとした。

「ちょっと！　あなたたち、どこへ行《い》くの？　うちの二階《にかい》なら安全《あんぜん》よ。さあ、はやくあがって！」

「いえ、ぼくたち、行《い》くところがあるんです！」

ジャックとアニーは、女主人《おんなしゅじん》のすすめをふりきって、また通《とお》りを歩《ある》きだした。

道路《どうろ》のまん中《なか》を、はがれた屋根《やね》の板《いた》や、おれた木《き》の枝《えだ》、ベンチ、店《みせ》の看板《かんばん》など、あらゆるものが、もみくちゃになって流《なが》されていく。

さっきまで、ふたりのひざの高《たか》さだった水《みず》が、いまはもう、ふとももまであがってきていた。

「アニー、あともうすこしだ。がんばろう！」

「わかった！」

ふたりは、強風《きょうふう》にとばされないよう、からだをまえにたおし、足《あし》をふんばりながら、一歩《いっぽ》ずつ進《すす》んでいった。

なわばしごがない！

ふいに、アニーがさけんだ。

「お兄《にい》ちゃん、L通《エルどお》りはこっちよ！」

見《み》ると、通《とお》りの風景《ふうけい》は、すっかり変《か》わってしまっていた。

L通《エルどお》りにも水《みず》があふれ、どの家《いえ》も、土台《どだい》の半分《はんぶん》まで水《みず》につかっている。

ふたりは、水《みず》をかきわけるように進《すす》みながら、青《あお》い家《いえ》をさがした。

アニーが、大声《おおごえ》で言《い》った。

「青《あお》い家《いえ》がどこにあるのか、ぜんぜんわからないわ！」

ジャックは、立《た》ちどまって、あたりに目《め》をこらした。

すると、流《なが》れてきた枝《えだ》があつまっているところに、ところどころ、とがったものがつきだしているのが見《み》えた。

「あの、とがってるやつ——鉄《てつ》のフェンスじゃないか？」

行《い》ってみると、やはりそうだった。フェンスのむこうに、あの青《あお》い家《いえ》がある。

アニーが、門《もん》の扉《とびら》をあけようとしたが、なにかがひっかかっているのか、どうしてもひらかない。

「お兄《にい》ちゃん、扉《とびら》があかないわ！」

「フェンスをのりこえよう！」

ふたりは、枝《えだ》の上《うえ》に出《で》ているフェンスの支柱《しちゅう》をつかんでよじのぼり、反対《はんたい》がわへ、とびおりた。

それから、泳《およ》ぐようにして庭《にわ》をわたり、ようやく、カシの木《き》にたどりついた。

ジャックが、ツリーハウスを見上《みあ》げて、さけんだ。

「よかった！　ツリーハウスは無事《ぶじ》だ！」

しかし、またもやアニーが、問題《もんだい》に気《き》づいた。

「お兄《にい》ちゃん、なわばしごがない！」

「えっ？」

見《み》ると、なわばしごが風《かぜ》にあおられ、上《うえ》のほうの枝《えだ》に巻《ま》きついてしまっていた。

手《て》をのばしたが、ぜんぜんとどかない。

幹《みき》をたたいたり、ゆすったりもしてみたが、なわばしごは落《お》ちてこない。

「こうなったら、よじのぼるしかないな」

ジャックは、木《き》にしがみついた。足《あし》を持《も》ちあげようとしたとたん、ブツッと音《おと》がして、くつひもが切《き》れてしまった。

ピシャーッ
あたりに、青白《あおじろ》い閃光《せんこう》が走《はし》った。

ゴロゴロゴロゴロ……！

「かみなりだ！　ぼくたち、ここにいたらあぶないよ」

「じゃあ、どうするの？」

「あのコーヒーショップまで、もどろう」

しかし、がれきのまざっただく流《りゅう》は、すでにふたりの腰《こし》まであがってきていた。

「もうむりよ！」アニーが泣《な》きそうな声《こえ》で言《い》った。

ふたりがとほうにくれていた、そのとき――

アニーがさけんだ。

「お兄《にい》ちゃん、女《おんな》の人《ひと》がよんでる！」

ジャックがふりかえると、青《あお》い家《いえ》の玄関《げんかん》で、背《せ》の高《たか》い女《おんな》の人《ひと》が、ふたりに手《て》をふっていた。

なにかさけんでいるが、雨《あめ》と風《かぜ》の音《おと》で、まったく聞《き》こえない。

女《おんな》の人《ひと》は、声《こえ》がとどかないことがわかると、手《て》に持《も》ったロープをかかげて見《み》せた。

「あのロープを投《な》げてくれる、っていうんじゃない？」

アニーが、大《おお》きく両手《りょうて》をふりかえした。

やはり、そうだった。

女《おんな》の人《ひと》が、思《おも》いきりロープを投《な》げた。

だが、ふたりのところまでとどかない。

もう一度《いちど》、投《な》げた。

こんどは、うまく風《かぜ》にのって、ふたりの近《ちか》くにドボン！と落《お》ちた。

アニーがとびついて、ロープをつかむ。

つづいて、ジャックも、はしをつかんだ。

ふたりがロープをつかんだことを確《たし》かめると、女《おんな》の人《ひと》は、ロープのはしを柱《はしら》にしっかりとむすびつけた。

それから、ゆっくりとたぐりよせる。

ジャックとアニーも、足《あし》をふんばってまえに進《すす》んだ。

なんども手《て》をはなしそうになりながらも、ふたりはようやく、玄関《げんかん》ポーチにたどりついた。

女《おんな》の人《ひと》は、いそいで玄関《げんかん》ドアをあけて言《い》った。

「さ、中《なか》にはいって！」

三人《さんにん》が家《いえ》にはいり、ドアをしめると、すさまじい風《かぜ》の音《おと》も、すこしだけしずかになった。

「かわいそうに、ずぶぬれじゃないの。リビングのソファにすわっててちょうだい。いま、タオルをとってくるから」

だが、ふたりがためらっているのを見《み》ると、さらに言《い》った。

「こんなときに、えんりょなんかしないの！　こまったときは、おたがいさまよ」

女《おんな》の人《ひと》は、二階《にかい》へあがっていった。

ジャックとアニーは、言《い》われるままに、リビングにはいり、ソファにすわった。

ふと気《き》づくと、ジャックのくつが、かたほうなくなっていた。

「くつを、なくしちゃった」ジャックが、ぼそっとつぶやいた。

「いつ?」と、アニー。

「さっき、木《き》にのぼろうとして、足《あし》をかけたとき、ひもが切《き》れて……」

「ああ、あのとき……」

だが、いまさら、どうしようもない。

窓《まど》の外《そと》では、あいかわらず強風《きょうふう》がふきあれている。

その音《おと》を聞《き》きながら、ジャックは、海岸《かいがん》で見《み》た大波《おおなみ》を思《おも》いだした。

おしよせる大波《おおなみ》は、いともかんたんに、海《うみ》の家《いえ》をたたきつぶした。

この雨《あめ》と風《かぜ》、音《おと》、そして高潮《たかしお》——ハリケーンはまるで、大地《だいち》に牙《きば》をむいておそいかかる、おそろしいかいぶつのようだ、とジャックは思《おも》った。

ローズとリリー

女《おんな》の人《ひと》が、タオルと毛布《もうふ》をかかえて、もどってきた。

まず、タオルを、ふたりにさしだす。

「さ、これで、からだをふいて」

ジャックとアニーは、「ありがとうございます」と言《い》って、タオルをうけとり、ぬれた頭《あたま》やからだ、服《ふく》をふいた。

ひととおりふきおわると、女《おんな》の人《ひと》は、毛布《もうふ》を一枚《いちまい》ずつ、ジャックとアニーのからだに巻《ま》きつけてくれた。

「ああ、あったかい！」アニーが、思《おも》わず声《こえ》をもらした。

「ほんとうに……たすかりました」と、ジャックも言《い》った。

ふたりがおちついたのを見《み》て、女《おんな》の人《ひと》が話《はな》しはじめた。

「夫《おっと》が帰《かえ》ってこないので、心配《しんぱい》でポーチに出《で》てみたの。そうしたら、あなたたちが、カシの木《き》にしがみついているじゃない。びっくりしたわ！　でも、もうだいじょうぶよ。この家《いえ》にいれば安全《あんぜん》だから」

「はい。ありがとうございます」ふたりは、いっしょにこたえた。

「わたしの名《な》まえは、ローズよ。あなたたちは？」

「わたしは、アニー」

「ぼくは、兄《あに》のジャックです」

「おうちは、どこなの？」

「ペンシルベニア州《しゅう》です。ガルベストンには、旅行《りょこう》で来《き》ました」

「ご両親《りょうしん》は？」

「両親《りょうしん》は……えっと……」

ジャックが、口《くち》ごもっていると、アニーがこたえた。

「みんなで海岸《かいがん》へ行《い》ってたんですけど、はぐれてしまって」

「まあ！　それじゃあ、ご両親《りょうしん》は心配《しんぱい》しているでしょうね。あなたたちも、ご両親《りょうしん》に会《あ》いたいでしょうけど、この嵐《あらし》がおさまるまではむりよ。ここで、嵐《あらし》が通《とお》りすぎるのを、まつしかないわ」

そのとき、二階《にかい》から、赤《あか》ちゃんの泣《な》き声《ごえ》が聞《き》こえてきた。

「見《み》てくるから、ちょっとまっててね」

ローズが、ふたたび二階《にかい》へあがっていった。

ふたりはしばらくだまっていたが、やがて、アニーがぽつりと言《い》った。

「お兄《にい》ちゃん、ローズさんが見《み》つけてくれて、よかったわね」

「うん……」

ジャックは、みじめな気《き》もちになっていた。

「ぼくたち、この島《しま》の人《ひと》をたすけに来《き》たはずなのに、たすけられてばっかりだ。コーヒーショップでは、雨《あま》やどりさせてもらって、海岸《かいがん》では、男《おとこ》の人《ひと》に『はやくにげろ！』って言《い》われて……。いまだって、ローズさんがたすけてくれなかったら、ぼくたち、いまごろ、おぼれてたよ」

「でも、お父《とう》さんの背中《せなか》から落《お》ちた女《おんな》の子《こ》を、たすけてあげたし、流《なが》されそうになった子犬《こいぬ》たちをすくったし、街灯《がいとう》にしがみついてたおじいさんを、コーヒーショップへつれていってあげたわ」と、アニー。

「たったそれだけで、『たすけに来《き》た』なんて、言《い》えないよ。モーガンのメッセージには、『**できるだけ多《おお》くの人《ひと》をたすけてください**』って、書《か》いてあったじゃないか。モーガンが、ぼくたちをここによこしたからには、ぼくたちにできることが、もっとあったはずなんだ」

そこへ、ローズが、赤《あか》ちゃんをだいてもどってきた。

「リリー。ジャックとアニーに、ごあいさつしましょ！『こんにちは、リリーです』」

ローズは、赤《あか》ちゃんのかわりに言《い》って、ぺこりと頭《あたま》をさげた。

「こんにちは、リリー！」

ジャックとアニーは、あいさつをかえすと、リリーの顔《かお》をのぞきこんだ。

リリーは、アーモンド色《いろ》の瞳《ひとみ》を見《み》ひらいて、ふたりをかわるがわる見《み》つめている。

くるんとカールした黒髪《くろかみ》。まっ赤《か》なほっぺたに、うっすら涙《なみだ》のあとがある。

「かわいい！」アニーが、思《おも》わずさけんだ。

「リリーは、いくつですか？」ジャックも、笑顔《えがお》になってたずねた。

「一歳《いっさい》になったところよ」と、ローズがこたえた。

ローズは、リリーをだいて、ひじかけいすにすわった。それから、しんけんな表情《ひょうじょう》になって、ふたりにたずねた。

「あなたたち、海岸《かいがん》へ行《い》ってたんでしょう?」

「はい」と、ジャックがこたえた。

「そのとき、どんなだったか、おしえてちょうだい。このあたりまで水《みず》がきたということは、海岸《かいがん》のほうは、もっとひどかったのでは?」

ジャックは、高潮《たかしお》が来《き》たときのようすを、ローズに話《はな》した。

「海水《かいすい》がどんどんおしよせてきて、こわかったです」アニーも言《い》った。

「ああ、やっぱり……」

ローズは、不安《ふあん》をおさえこむように、リリーをぎゅっとだきしめた。

「今朝《けさ》、夫《おっと》に、『今日《きょう》はお店《みせ》に行《い》かないほうがいいんじゃない?』って、言《い》ったのよ。夫《おっと》のルーカスは、海岸通《かいがんどお》りでレコード店《てん》をひらいているの」

「海岸通《かいがんどお》りですか……」

ジャックは、大波《おおなみ》で海《うみ》の家《いえ》がつぶれてしまったことは、だまっていた。

「あのあたりは、高波《たかなみ》が来《く》るとすぐに水没《すいぼつ》するの。ルーカスは『あぶなくなったら、すぐ帰《かえ》ってくる』って言《い》ったんだけど……」

ローズが、リリーをだいたまま、そわそわと立《た》ちあがった。

そのとき、またいなずまが光《ひか》り、あたりが、ぱっと明《あか》るくなった。

ゴロゴロゴロゴロ……！

雷《かみなり》の音《おと》におどろいて、リリーがまた泣《な》きだした。

「よしよし、リリー。だいじょうぶよ」

リリーをあやしながら、ローズは、ふたたび話《はな》しはじめた。

「今朝《けさ》ルーカスが出《で》かけたあと、空《そら》を見《み》たら、いちめんがオレンジ色《いろ》に染《そ》まっていたの。むかし『空《そら》が赤《あか》くなると、大嵐《おおあらし》が来《く》る』って聞《き》いたことがあったから、すごく不安《ふあん》になって……。そして、お昼《ひる》まえになると、ひどい雨《あめ》がふってきて、庭《にわ》がたちまち池《いけ》のようになったの。そのとき、なん十匹《じっぴき》というカエルが、木《き》ぎれや板《いた》の上《うえ》にのって、プカプカ流《なが》れてきたのよ！　そのあと、水《みず》かさはどんどんふえていって、つぎに庭《にわ》を見《み》たときは、カエルたちはもう、どこにもいなかったわ」

ローズの声《こえ》は、どんどん深刻《しんこく》になっていく。

「しばらくすると、ふたつ先《さき》の通《とお》りに住《す》んでいるホプキンズさん一家《いっか》が、おとなりににげてこられたの。『どうしたんですか』って聞《き》いたら、『屋根《やね》がとばされた』って……！　家《いえ》は、あっというまに水《みず》びたしになってしまったそうよ」

そのとき、すさまじい突風《とっぷう》がふきつけた。

家《いえ》じゅうが、ガタガタと大《おお》きな音《おと》をたてたので、リリーがまた泣《な》きだした。

「だいじょうぶ、だいじょうぶよ」

ローズは、ひじかけいすにもどると、子守歌《こもりうた》をうたいはじめた。

ねんねん　ころり　泣《な》かないで
パパが　モノマネドリ　買《か》ってくるから
モノマネドリが　鳴《な》かなかったら
パパが　ダイヤの指輪《ゆびわ》　買《か》ってくるから
……

「パパ、パーパ……」

リリーが、父親《ちちおや》をさがすように、からだをよじった。

「リリー、パパは、もうすぐ帰《かえ》ってくるわ。そうしたら、パパにうたってもらいましょうね」

そう言《い》って、ローズはリリーにほおずりした。

「この子守歌《こもりうた》は、いつもルーカスが、リリーにうたってくれるの。……ああ、ほんとうに、どうして帰《かえ》ってこないのかしら……！」

ジャックは、思《おも》わず申《もう》しでた。

「あの――ぼくたちが、見《み》に行《い》ってきましょうか」

「お店《みせ》の場所《ばしょ》を、おしえてもらえれば……」アニーも言《い》った。

すると、ローズの表情《ひょうじょう》が、ぱっと明《あか》るくなった。

「まさか！　でも、ありがとう！　あなたたち、まるでテキサス人《じん》みたいね！　テキサス人《じん》は、みんなしんせつで、こまっている人《ひと》を見《み》たら、ほうっておけないの。〈テキサス〉というのは、アメリカ先住民《せんじゅうみん》のことばで『友《とも》だち』っていう意味《いみ》なのよ」

ローズがつづけた。

「でも、だいじょうぶよ。ルーカスが、わたしたちをおいて、どこかへ行《い》ってしまうなんてことは、ありえないわ。きっと、帰《かえ》ってくる。だから、まっていましょうね、リリー」

ローズは、また立《た》ちあがって、部屋《へや》の中《なか》を歩《ある》きだした。

と、ローズがさけび声《ごえ》をあげた。

「ああっ、たいへん！」

見《み》ると、玄関《げんかん》ドアのすきまから、水《みず》がふきだしていた！

みるみるうちに、リビングの床《ゆか》が、水《みず》びたしになっていく。

とつぜん、玄関《げんかん》ドアが、**バン！**とあいた。

もうれつな風《かぜ》と雨《あめ》が、家《いえ》の中《なか》にふきこんできた。

ジャックとアニーは、あわてて、ドアをしめようとかけよった。

だが、風《かぜ》の力《ちから》のほうが強《つよ》く、すぐにおしもどされてしまう。

「アニー、風《かぜ》が弱《よわ》くなったときに、しめるんだ！」

「わかった！」

ふたりは、ドアをおさえ、両足《りょうあし》をふんばって、タイミングをまった。

しかし、風《かぜ》は弱《よわ》くなるどころか、ますます強《つよ》まるばかりだ。

ゴオォォオ――――ッ！

「わああっ！」

バキバキッ！

ドアがはずれて、部屋《へや》の中《なか》をふっとび、壁《かべ》にげきとつした。

そのはずみで、ジャックとアニーは、床《ゆか》の上《うえ》にほうりだされた。

「ジャック！　アニー！」

ローズが、リリーにおおいかぶさりながら、ふたりの名《な》まえをよんだ。

家《いえ》が……！


「ふたりとも、立《た》って！　二階《にかい》へ行《い》くわよ！　いそいで！」

ローズが、リリーをだいて、階段《かいだん》をかけあがった。

そのあとを、アニーが追《お》う。

ジャックも、リュックをつかんで、追《お》いかけた。

背後《はいご》で、**ガシャーン、ガシャーン！**と、物《もの》がこわれる音《おと》がする。

ふりかえると、リビングの窓《まど》ガラスがわれていた。

強風《きょうふう》がビュービューふきこみ、テーブルの上《うえ》の花《か》びんや食器《しょっき》を、つぎつぎに落《お》としていく。

海水《かいすい》が流《なが》れこんできて、階段《かいだん》をはいのぼってきた。

「こっちへ！」

ローズが、寝室《しんしつ》のドアをあけて、ふたりを中《なか》に入《い》れた。

そのしゅんかん、ろうかの天井《てんじょう》が、**バリバリバリッ！**と音《おと》をたてて、はがれ落《お》ちた。

寝室《しんしつ》のドアをしめて、ほっとしたのも、つかのまのことだった。

すぐに窓《まど》ガラスがわれ、雨《あめ》と風《かぜ》がふきこんできた。

「ガラスに気《き》をつけて！」

ローズが、ベッドカバーを引《ひ》きはがして、リリーをくるむと、ベッドと壁《かべ》のあいだにしゃがみこんだ。

ジャックとアニーも、ローズのとなりにすべりこんで、身《み》をよせる。

だが、そこも安全《あんぜん》ではなくなった。階段《かいだん》からあがってきた海水《かいすい》が、寝室《しんしつ》にまで流《なが》れこんできたのだ。

ジャックたちは、ベッドにとびのった。

「こ、この水《みず》、どこまで来《く》るのかしら」アニーの声《こえ》が、ふるえている。

「まさか、二階《にかい》の天井《てんじょう》まで来《く》ることはないでしょうけど……」と、ローズ。

しかし、そう言《い》っているうちにも、水《みず》はどんどんあがってくる。

「ここより、もっと高《たか》いところは……」

ジャックが、天井《てんじょう》を見上《みあ》げた。

「屋根《やね》の上《うえ》しかないわ」ローズがこたえた。

すぐに、アニーが反対《はんたい》する。

「だめ！　屋根《やね》なんかにのぼったら、いっしゅんでふきとばされちゃうわ！」

だが、ジャックは、きっぱり言《い》った。

「でも、このまま水《みず》かさがふえていったら、みんなおぼれてしまう。たすかるには、屋根《やね》にのぼるしかないよ！」

ジャックは、ろうかに出《で》た。

さっき、天井《てんじょう》が落《お》ちたところから、屋根《やね》に穴《あな》があいているのが見《み》える。

ジャックは、もういちど寝室《しんしつ》にもどって、部屋《へや》の中《なか》を見《み》まわした。

「ろうかから、屋根《やね》にあがれそうだ。でも、なにか足場《あしば》になるものは……」

「あのタンスは？」

ローズが、部屋《へや》のすみにあるタンスを指《ゆび》さした。

ジャックとアニーがかけよって、タンスをはこびだそうとした。

だが、タンスは重《おも》くて、一ミリも動《うご》かせない。

ローズがさけんだ。

「引《ひ》きだしをぬいて！」

衣類《いるい》がはいった引《ひ》きだしをぬくと、タンスは、なんとか動《うご》かせる重《おも》さになった。ふたりで力《ちから》をあわせて、ろうかへはこびだす。

ローズも、リリーをだいて、ろうかに出《で》る。

ジャックは、穴《あな》のあいた屋根《やね》を見上《みあ》げた。

「だめだ。もっと高《たか》くしないと……」

アニーが、寝室《しんしつ》からいすを持《も》ってきた。

「タンスの上《うえ》に、これをのせれば？」

ジャックは、タンスの上《うえ》にいすをのせ、安定感《あんていかん》を確《たし》かめた。

「いいぞ！　あとは、タンスの上《うえ》にあがる足場《あしば》があれば……」

「もうひとつ、いすがあるわ！」ローズがさけんだ。

アニーが、部屋《へや》にもどり、いすをとってくる。

そうこうするあいだにも、床《ゆか》の水位《すいい》はあがるいっぽうだ。

ジャックがさけんだ。

「ローズさん、先《さき》に屋根《やね》へのぼって！　それから、リリーをわたしますから！」

「わかったわ！　それじゃ、リリーをおねがいね」

アニーにあずけられたリリーは、火《ひ》がついたように泣《な》きだした。

「ローズさん、はやく！」ジャックがうながす。

ローズは、スカートをたくしあげ、いすからタンスの上《うえ》へ、さらにその上《うえ》へとよじのぼった。

そして、ジャックがいすをささえるあいだに、すばやく屋根《やね》にはいあがる。

なぐりつけるような強風《きょうふう》に、たちまちローズの髪《かみ》がほどけた。

つづいて、ジャックがリリーをうけとり、タンスの上《うえ》のいすに立《た》った。

リリーは、顔《かお》をまっ赤《か》にして、泣《な》きじゃくっている。

ジャックは、リリーを高《たか》く持《も》ちあげて、屋根《やね》の上《うえ》のローズにわたした。

「ああ、リリー！　よしよし、いい子《こ》ね！」

ローズは、おさない娘《むすめ》をしっかりだきしめた。

「つぎは、アニーだ。いすをおさえてるから、いそいで！」

アニーは、いすの上《うえ》にあがると、いすの背《せ》をけって、屋根《やね》の上《うえ》にはいあがった。

つづいて、ジャックがのぼろうとしたとき、足《あし》もとがぐらりとゆれた。見《み》ると、流《なが》れてきた海水《かいすい》に、タンスがうきはじめているではないか！

「お兄《にい》ちゃん！　はやくっ！」屋根《やね》の上《うえ》から、アニーがさけぶ。

ジャックは、いすの上《うえ》にとびのった。

しかし、屋根《やね》に手《て》をかけたとたん、足《あし》もとのいすがたおれた。

「あっ！」

ジャックは、屋根《やね》につかまったまま、宙《ちゅう》ぶらりんになってしまった。

「おちついて！　壁《かべ》のでっぱりに、足《あし》をのせるの！」ローズが指示《しじ》を出《だ》す。

ジャックは、はだしの足《あし》で、壁《かべ》をさぐった。

すると、足《あし》のうらに、むきだしになった梁《はり》があたった。

そこへかた足《あし》をのせ、もうかたほうの足《あし》を、べつのでっぱりにのせる。

そうして、ジャックはついに、屋根《やね》の上《うえ》にはいあがった。

そのとき、家《いえ》ぜんたいが、大《おお》きくゆれた。
ギギギギ、ギィ――――……ッ！
ローズがさけんだ。
「家《いえ》が……、家《いえ》が……こわれる!!」
「いやあああっ！」
アニーが、悲鳴《ひめい》をあげた。
ジャックたちは、夢中《むちゅう》で屋根《やね》にしがみついた。
バキバキバキッ！
大《おお》きな音《おと》がして、家《いえ》がふたつにさけ、かたほうが、水《みず》の中《なか》にくずれ落《お》ちていった。
すさまじい水《みず》しぶきがあがる。
のこりの半分《はんぶん》は、四人《よにん》を屋根《やね》にのせたまま、だく流《りゅう》の中《なか》におしだされた。
柱《はしら》や壁《かべ》が、つぎつぎとはぎとられていく。
とうとう屋根《やね》だけが、いかだのようになって漂流《ひょうりゅう》をはじめた。

屋根《やね》のいかだ

「ジャック、アニー、しっかりつかまって！」

ローズが、声《こえ》をかぎりにさけんだ。

ジャックたちをのせた屋根《やね》のいかだは、木《こ》の葉《は》のようにもまれながら、にごった水《みず》の上《うえ》を流《なが》されていった。すこしでも手《て》をゆるめると、だく流《りゅう》の中《なか》にふり落《お》とされてしまいそうだ。

風《かぜ》と雨《あめ》は、いよいよはげしさをましていた。

屋根《やね》がわらが、頭《あたま》をかすめて飛《と》んでいく。

ふとい柱《はしら》や、おれた板《いた》きれが、かたまりになっておしよせてくる。

建物《たてもの》にとりのこされた人《ひと》たちが、窓《まど》から身《み》をのりだして、「たすけて！」とさけんでいるが、どうすることもできない。

木《き》の上《うえ》にのぼり、流《なが》されまいと枝《えだ》にしがみついている人《ひと》がいる。

ピアノにつかまって、流《なが》されていく人《ひと》もいる。

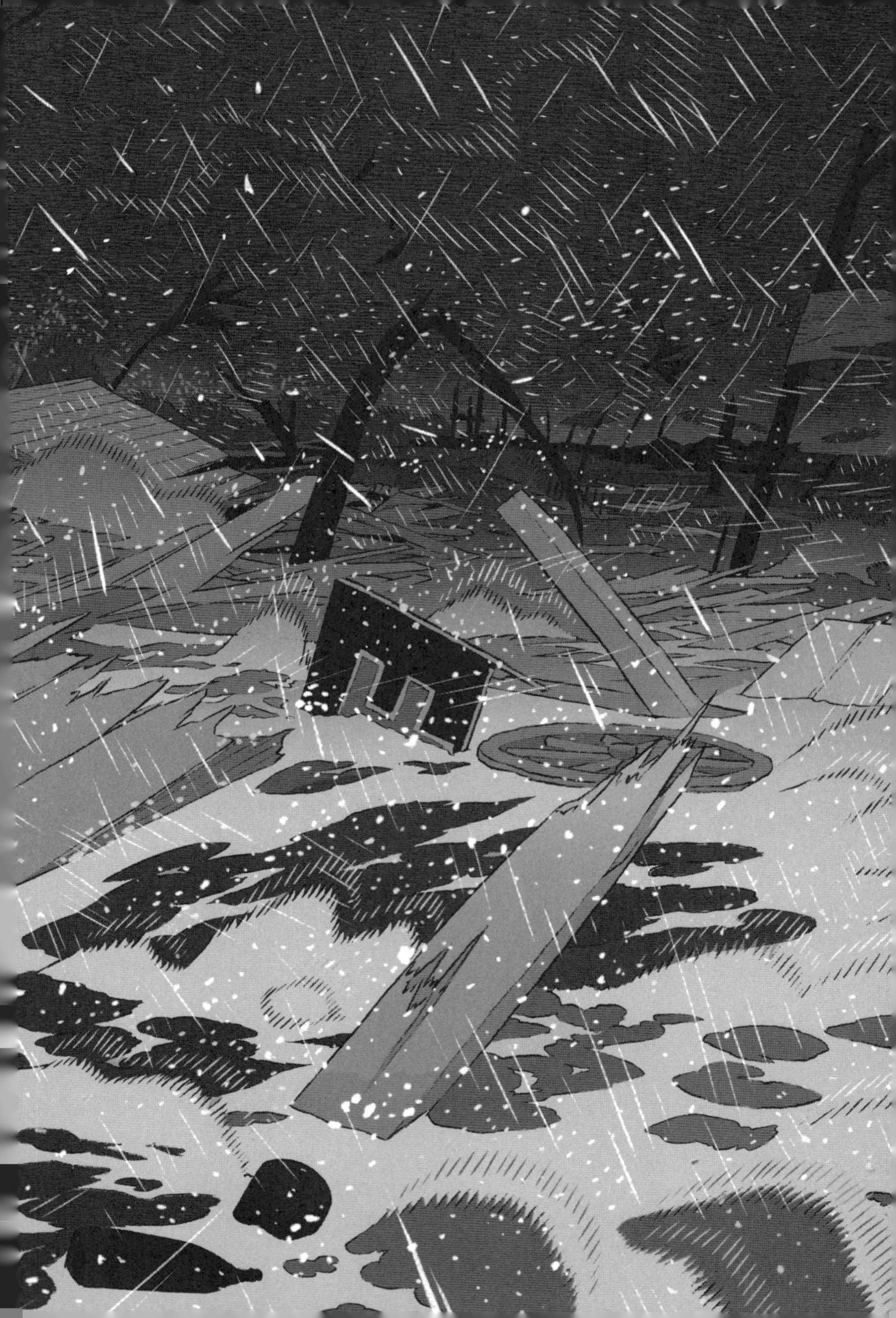

リリーが、また泣《な》きだした。
すると、ローズが、あの子守歌《こもりうた》をうたいはじめた。

ねんねん　ころり　泣《な》かないで
パパが　モノマネドリ　買《か》ってくるから

……

その声《こえ》は、風《かぜ》の中《なか》でも力強《ちからづよ》くひびいた。
アニーも、いっしょにうたいはじめた。

モノマネドリが　鳴《な》かなかったら
パパが　ダイヤの指輪《ゆびわ》　買《か》ってくるから

……

やがて、リリーがしずかになった。
泣《な》きつかれて眠《ねむ》ったらしい。

「わたしたち、どこへむかっているのかしら」

ローズが、頭《あたま》をあげて、あたりを見《み》まわした。

そして、はっと息《いき》をのんだ。

「町《まち》が、どんどん遠《とお》ざかっていくわ！　ということは……」

ジャックが、おどろいてさけんだ。

「ま、まさか……ぼくたち、沖《おき》へ!?」

「ええ。北風《きたかぜ》におし流《なが》されて、南《みなみ》の海上《かいじょう》に出《で》てきてしまったのよ」と、ローズ。

アニーが、悲痛《ひつう》な声《こえ》をあげた。

「そんな……。わたしたち、このままずっと、海《うみ》の上《うえ》なの？」

するとローズが、力強《ちからづよ》く言《い》った。

「わたしたち、水中《すいちゅう》にしずまないでいられただけ、ましだったのよ。嵐《あらし》が通《とお》りすぎれば、しずかな海《うみ》にもどる。命《いのち》さえあれば、きっとなんとかなるわ。とにかく、気《き》もちをしっかりもって、嵐《あらし》がおさまるのをまちましょう！」

ジャックとアニーは、だまってうなずいた。

「だんだん暗《くら》くなってきたわ」アニーがつぶやいた。

「夜《よる》になるまえに、嵐《あらし》が通《とお》りすぎてくれるといいけど」ローズも言《い》った。

やがて、あたりはまっ暗《くら》になった。

ジャックたちは、暗《くら》やみの中《なか》で、たがいに声《こえ》をかけあった。

「ジャック、アニー、だいじょうぶ？」

「はい、だいじょうぶです。リリーは？」

「眠《ねむ》っているわ」

しばらくすると、風《かぜ》がほんのすこし、あたたかく感《かん》じられるようになってきた。

アニーが言《い》った。

「風《かぜ》が、ちょっと弱《よわ》くなったんじゃない？」

「たしかに……そんな気《き》がする」と、ジャック。

「嵐《あらし》が、通《とお》りすぎたんだわ」ローズが言《い》った。

「ほんと？　じゃあ、わたしたち、たすかったのね」アニーの声《こえ》が、明《あか》るさをとりもどした。

「ええ。でも、いまはどうしようもないから、夜《よ》が明《あ》けるのをまちましょう」ローズがこたえた。

風《かぜ》は、そのあとも、強《つよ》くなったり、弱《よわ》くなったりをくりかえしながら、しだいにおだやかになっていった。

ジャックは、ガルベストンで出会《であ》った人《ひと》たちのことを思《おも》いだしていた。

コーヒーショップの女主人《おんなしゅじん》。しんせきから電話《でんわ》をもらったアリスさん。となりのテーブルにいた老夫婦《ろうふうふ》。口《くち》ひげをはやしたバートンさん。海岸通《かいがんどお》りをいっしょににげた、白《しろ》いシャツの男《おとこ》の人《ひと》。女《おんな》の子《こ》をおんぶしていたお父《とう》さん。子犬《こいぬ》をつれていた女《おんな》の人《ひと》。

そして、街灯《がいとう》にしがみついていたおじいさん。

（みんな、ちゃんと避難《ひなん》できたかな……）

ふと足《あし》を見《み》ると、もうかたほうのくつもなくなっていた。

（ぼくたちは、どこにたどりつくんだろう……）

そう思《おも》いながら、ジャックはいつのまにか、まぶたをとじていた。

小《ちい》さな光《ひかり》

「お兄《にい》ちゃん、お兄《にい》ちゃん！」

アニーのよぶ声《こえ》に、ジャックは、はっと目《め》をあけた。

あたりは、まだ、まっ暗《くら》だ。

しかし、あれほどふきあれていた風《かぜ》も、いまはすっかりおだやかになっていた。

暗《くら》やみの中《なか》で、アニーが言《い》った。

「いま、あそこでなにかが光《ひか》ったの」

「えっ、光《ひか》った？　どこ……？」

ジャックは、ぼうっとする頭《あたま》をふって、あたりを見《み》まわしたが、なにも見《み》えない。

「アニー、夢《ゆめ》でも見《み》たんじゃないか？」

「夢《ゆめ》じゃないわ。ほんとうに、ぴかっと光《ひか》ったのよ！」

すると、ローズも、暗《くら》やみを見《み》すかすようにして言《い》った。

「わたしも、なにか見《み》えたような気《き》がするわ……」

ふいに、雲《くも》が切《き》れて、満月《まんげつ》があらわれた。

青白《あおじろ》い月明《つきあ》かりの中《なか》に、城《しろ》のように大《おお》きな建物《たてもの》のシルエットが、うかびあがった。

「あっ、あれは！」

ローズが、声《こえ》をあげた。

建物《たてもの》のほうから、鐘《かね》の音《おと》が聞《き》こえてくる。

ガラーン、ガラン……ガラーン、ガラン、ガラーン……

鐘《かね》の音《おと》は、だれかが鳴《な》らしているというよりも、ただ風《かぜ》にゆれて鳴《な》っているかのように、不規則《ふきそく》にひびいてくる。

ローズが、立《た》ちあがってさけんだ。

「風《かざ》むきがかわったんだわ！　わたしたち、町《まち》のほうへふきもどされたのよ！」

「えっ、ほんと？」

「あの建物《たてもの》は、ウルスラ女子修道院《じょししゅうどういん》。わたしは、あそこの女学校《じょがっこう》に通《かよ》っていたの。さっき流《なが》されていたときは、修道院《しゅうどういん》がどんどん遠《とお》ざかるのが見《み》えたのに、いまはこんなに近《ちか》づいているわ！」

「ウルスラ女子修道院《じょししゅうどういん》!?」

ジャックが、思《おも》わず聞《き》きかえした。ぼうっとしている場合《ばあい》ではない。

「お兄《にい》ちゃん、ウルスラ女子修道院《じょししゅうどういん》って、たしか……」

アニーも、声《こえ》をはずませる。

「修道院《しゅうどういん》が、どうかした?」と、ローズ。

アニーが、うっかりこたえた。

「レンガづくりのウルスラ女子修道院《じょししゅうどういん》は、ハリケーンのときも、無事《ぶじ》だったの!」

「無事だった、って……どういうこと?」

ジャックが、あわてて言《い》いわけした。

「ええと、ガイドブックに、『ウルスラ女子修道院《じょししゅうどういん》は、レンガづくりのりっぱな建物《たてもの》だ』って、書《か》いてあったんです。それで……」

アニーも、つけくわえた。

「しっかりした建物《たてもの》だから、そこに行《い》けば、たすけてもらえるんじゃないか、と思《おも》って……」

「ええ、たしかにしっかりした建物《たてもの》だけど……まっ暗《くら》よ。だれもいないんじゃないかしら」と、ローズ。

そのとき、修道院《しゅうどういん》の窓《まど》に、小《ちい》さな光《ひかり》が、チカッとまたたいた。

「あっ、光《ひか》った！」

ジャック、アニー、ローズが、声《こえ》をあわせてさけんだ。

「さっき見《み》えたのは、あの光《ひかり》よ！　だれか、いるんだわ！」アニーが言《い》った。

「ぼくたちも、あそこへ行《い》こう！」と、ジャックも言《い》った。

「ええ。でも、どうやって？」と、ローズ。

アニーが提案《ていあん》した。

「お兄《にい》ちゃんとわたしが、水《みず》の中《なか》にはいって、バタ足《あし》で屋根《やね》をおしていくのはどう？

わたしたち、泳《およ》ぐのは得意《とくい》だから！」

すると、ローズが、あわててとめた。

「だめ、だめ！　水《みず》の中《なか》は、きけんなものだらけよ。われたガラスや、おれた木《き》や、釘《くぎ》がとびでた板《いた》だってあるわ」

「それじゃ、水《みず》にはいらないで、手《て》でかく、っていうのはどうかな」

ジャックは、屋根《やね》の上《うえ》に腹《はら》ばいになり、手《て》を水《みず》に入《い》れてかいてみた。

しかし、ただバシャバシャとしぶきがあがるだけで、すこしもまえに進《すす》まない。

アニーが言《い》った。

「カリブの海《うみ》で、カヌーをこいだときのようなパドルがあればいいのに……」

それを聞《き》いて、ジャックが言《い》った。

「そうか！　ういているがれきのなかで、パドルがわりになるものをさがそう」

「いい考《かんが》え！」

ジャックとアニーは、いかだの近《ちか》くにういているがれきに、手《て》をのばした。

「これは……こわれたいすだ。パドルにはならないな」

ジャックは、ひろったいすを、ふたたび水中《すいちゅう》にもどした。

「これは……バスケット。穴《あな》があいてるから、水《みず》がにげちゃうわ……」

アニーも、バスケットを、水《みず》にもどした。

「これは？」


【この巻《かん》も読《よ》んでみよう！】

マジック・ツリーハウス40『カリブの巨大《きょだい》ザメ』

つぎにアニーがひろったのは、はば二〇センチ、長《なが》さ一メートルほどの板《いた》だった。

「こいでみて」と、ジャック。

アニーが、屋根《やね》のはしにすわり、板《いた》を水中《すいちゅう》にさし入《い》れて、こいでみた。

水《みず》をとらえる手《て》ごたえはあったが、一《いっ》か所《しょ》で水《みず》をかいても、屋根《やね》のいかだは、おなじところをぐるぐるまわってしまう。

「ふたりいっしょに、こがないとだめだ。ぼくにも、なにかないかなあ」

ジャックが、柄《え》のついたほうきをひろいあげた。わらをたばねたほうきは、水《みず》をふくんでずっしりと重《おも》い。

ジャックが、それもすてようとすると、アニーがとめた。

「それ、使《つか》えるかも！」

「えっ、これが？」

ジャックは、ほうきの先《さき》を水《みず》につけ、そっとこいでみた。

同時《どうじ》に、アニーも、板《いた》で水《みず》をかく。

屋根《やね》のいかだは、ゆっくりではあったが、修道院《しゅうどういん》にむかってまっすぐ進《すす》みだした。

「いい感《かん》じ！」アニーがさけんだ。

「ふたりとも、がんばって！　一《いち》、二《に》。一《いち》、二《に》」

ジャックとアニーは、ローズのかけ声《ごえ》にあわせて、けんめいに水《みず》をかいた。

ときどき月《つき》が雲《くも》にかくれ、あたりが暗《くら》くなったが、ジャックたちが、むかうべき方《ほう》向《こう》を見《み》うしなうことはなかった。チラチラまたたく光《ひかり》と、鐘《かね》の音《おと》が、修道院《しゅうどういん》の場所《ばしょ》をおしえてくれたからだ。

ウルスラ女子修道院《じょししゅうどういん》の建物《たてもの》が、近《ちか》づいてきた。

一階《いっかい》はすっかり水没《すいぼつ》していた。屋根《やね》の一部《いちぶ》もなくなり、窓《まど》にはガラスが一枚《いちまい》もない。

「ああ、あの窓《まど》には、きれいなステンドグラスがはまっていたのに……」

ローズが、悲《かな》しそうに建物《たてもの》を見上《みあ》げた。

そのとき、窓《まど》の奥《おく》に、ランプの光《ひかり》がともった。

「おお――い！」ジャックが、さけんだ。

「たすけてくださ――い！」アニーも、さけんだ。

「窓《まど》の外《そと》にいます！」ローズも、さけぶ。

建物《たてもの》の中《なか》から、女《おんな》の人《ひと》の声《こえ》がした。

「こっちですよ！」

窓《まど》べに、黒《くろ》い服《ふく》を着《き》た、ふたりの修道女《しゅうどうじょ》が立《た》っているのが見《み》えた。

ひとりが、ランプをかかげ、もうひとりが、大《おお》きく手《て》をふっている。

「がんばって！　もうすこしよ！」

手《て》をふる修道女《しゅうどうじょ》を見《み》たローズが、さけんだ。

「あっ、あれは、マザー・メアリー・ジョーゼフだわ！」

「マザー……だれですか？」

「修道院長《しゅうどういんちょう》で、女学校《じょがっこう》の校長《こうちょう》なの。この町《まち》のみんなに、尊敬《そんけい》されている人《ひと》よ！」

やがて、屋根《やね》のいかだは、ふたりの修道女《しゅうどうじょ》がまつ窓《まど》のすぐ下《した》についた。

修道院長《しゅうどういんちょう》が、ロープを投《な》げてくれた。

「ローズさん、先《さき》にどうぞ」

アニーにうながされて、ローズがまえに出《で》た。窓《まど》の下《した》から、リリーをさしだすと、修道院長《しゅうどういんちょう》が、リリーをしっかりとだきとった。

つづいて、ローズが、ロープをつかんで窓《まど》によじのぼる。

ローズが修道院《しゅうどういん》の中《なか》にはいると、院長《いんちょう》は、ローズの腕《うで》に娘《むすめ》をかえした。

ローズは、リリーをだいて、なんどもなんども、ほおずりした。

「さあ、アニー、行《い》って」ジャックが声《こえ》をかける。

アニーが、窓《まど》によじのぼった。建物《たてもの》の中《なか》にはいると、すぐに窓《まど》から身《み》をのりだして、ジャックに手《て》をさしのべた。

ジャックは、その手《て》をにぎると、屋根《やね》のいかだに別《わか》れを告《つ》げて、修道院《しゅうどういん》の中《なか》へと、はいっていった。

はだしの足《あし》に、木《き》の床《ゆか》がふれる。床《ゆか》の上《うえ》に立《た》っていることを、こんなにうれしいと思《おも》ったことはなかった。

ローズ、アニー、ジャックは、だきあって無事《ぶじ》をよろこんだ。

ローズが、目《め》に涙《なみだ》をいっぱいうかべて、言《い》った。

「あなたたちがいなかったら、どうなっていたか……。ふたりとも、ほんとうにありがとう……！」

ウルスラ女子修道院《じょししゅうどういん》

修道院長《しゅうどういんちょう》が言《い》った。

「みなさん、けがはありませんか?」

「はい、だいじょうぶです」ローズが、顔《かお》をあげてこたえた。

「それでは、ホールへ案内《あんない》しましょう。わたくしについてきてください」

院長《いんちょう》は、ジャックがくつをはいていないことに気《き》づくと、かごの中《なか》から女性用《じょせいよう》の黒《くろ》いブーツをとって、ジャックにさしだした。

「院内《いんない》のあちこちに、われたガラスが散乱《さんらん》していて、まだかたづけられていません。あぶないので、とりあえず、それをはいていてください」

ジャックは、礼《れい》を言《い》って、さっそくブーツをはいた。

かかとの高《たか》い女性用《じょせいよう》ブーツは、つま先《さき》はあまっているのに、横《よこ》はばがきつかった。

おかしなかっこうで歩《ある》くジャックを見《み》て、ローズがくすっと笑《わら》った。

ジャックは、ローズの笑顔《えがお》を、はじめて見《み》た気《き》がした。

院長《いんちょう》が、もうひとりの修道女《しゅうどうじょ》に、声《こえ》をかけた。

「シスター・アグネス。あなたは、そのランプを持《も》って、もうしばらくここにのこっていてください。明《あ》かりをたよりに来《く》る人《ひと》が、もっといるでしょうから」

「はい、院長《いんちょう》さま。ただ……ランプの油《あぶら》がいつまでもつか……」

シスター・アグネスが、心配《しんぱい》そうにこたえた。

「そうですか……。あるかぎりのもので、最善《さいぜん》をつくすしかありませんね」

院長《いんちょう》が、小《ちい》さいほうのランプを持《も》って、歩《ある》きだした。

ジャックとアニー、リリーをだいたローズが、あとにつづく。

院長《いんちょう》が、ふりかえって言《い》った。

「それにしても、あなたがたは、よくがんばって、ここまで来《き》ましたね」

「はい、この子《こ》たちが――」ローズが、ジャックとアニーを見《み》た。

「ウルスラ女子修道院《じょししゅうどういん》に行《い》けば、きっとたすかると、言《い》ってくれたんです」

院長《いんちょう》は、ジャックとアニーを見《み》て、うなずいた。

「ここへ来《き》たのは、とてもよい判断《はんだん》でした」

しばらく行《い》くと、天井《てんじょう》の高《たか》い、広《ひろ》いホールに出《で》た。

そこには、おおぜいの人《ひと》が集《あつ》まっていた。

男性《だんせい》も女性《じょせい》も、老人《ろうじん》も子《こ》どもも、そして、白人《はくじん》も黒人《こくじん》もいる。

床《ゆか》の上《うえ》で、たがいに場所《ばしょ》をゆずりあって、すわっている。

「まあ、なんてたくさんの人《ひと》！」ローズが、声《こえ》をあげた。「みんな、シスターたちがたすけたのですか？」

すると、院長《いんちょう》がこたえた。

「ここにいるほとんどの人《ひと》は、木材《もくざい》などにつかまって流《なが》れつきました。わたしたちが、二階《にかい》の窓《まど》から、引《ひ》きあげたのです。あなたがたとおなじように、おたがいにたすけあって、たどりついた人《ひと》もおおぜいいます。そして、ここでも、はげましあい、たすけあっています」

ローズが、うなずいて言《い》った。

「はい。最悪《さいあく》のときにこそ、たすけあわなければいけないと、女学校《じょがっこう》のときに、院長《いんちょう》さまにおしえていただきました」

「そのとおりです。その点《てん》においては、テキサス人《じん》は、最高《さいこう》ですよ」

院長《いんちょう》は、ちらりとリリーを見《み》て、ローズに言《い》った。

「この奥《おく》のほうに、赤《あか》ちゃんの古着《ふるぎ》と、わずかですが、食《た》べ物《もの》を用意《ようい》してあります。どうぞ、赤《あか》ちゃんを、かわいた服《ふく》に着《き》がえさせておあげなさい」

「ああ……ありがとうございます」

ローズは、ジャックとアニーに「あとで、またね」と伝《つた》えると、ホールの奥《おく》へと歩《ある》いていった。

その姿《すがた》を見《み》おくりながら、院長《いんちょう》は、ジャックとアニーにたずねた。

「あなたがたも、もし、かわいた服《ふく》に着《き》がえたかったら、あう洋服《ようふく》があるかどうか、さがしてみますか?」

ジャックは、すぐにこたえた。

「いいえ。ぼくたちは、だいじょうぶです」

「それより、わたしたちも、なにかお手伝《てつだ》いをしたいです。わたしたちに、できることはありませんか」アニーが申《もう》しでた。

「そうですね……」

院長《いんちょう》は、すこし考《かんが》えてから、こたえた。

「きずついて元気《げんき》をなくした人《ひと》たちの、心《こころ》のケアをおねがいできるかしら」

「心《こころ》のケア——ですか?」

「ええ、そうです……。ここにいる人《ひと》たちはみな、信《しん》じられないようなおそろしい経《けい》験《けん》をしました。目《め》のまえで、たいせつなものをなくしてしまった人《ひと》、まだ家族《かぞく》に会《あ》えずに、不安《ふあん》な思《おも》いをしている人《ひと》——そんな人《ひと》たちによりそって、元気《げんき》づけてあげてほしいのです」

「はい。やってみます」ジャックが、こたえた。

「わたしたち、だれかを元気《げんき》づけるのは、得意《とくい》なんです」アニーも言《い》う。

「それでは、おねがいしますね」

院長《いんちょう》は、にっこり笑《わら》ってうなずくと、ふたたびろうかへと出《で》ていった。

再会《さいかい》

「なにから、はじめたらいいのかな」ジャックが言《い》った。

「まずは、このホールの中《なか》を、歩《ある》いてみましょうよ。そうすれば、わたしたちが元気《げんき》づけてあげられる人《ひと》が、見《み》つかるかもしれないわ」と、アニー。

「そうだね」

ふたりが歩《ある》いていくと、ひとりで床《ゆか》にすわっていたおじいさんが、顔《かお》をあげた。目《め》があったアニーが、笑《わら》いかけると、おじいさんも笑《わら》って、かるく手《て》をあげた。

そのとなりで、腕《うで》を三角巾《さんかくきん》でつっている女《おんな》の人《ひと》がいた。ひざにだいた赤《あか》ちゃんが、むずかっているが、うまくあやせないで苦労《くろう》している。

「赤《あか》ちゃん、だっこしましょうか?」アニーが申《もう》しでた。

女《おんな》の人《ひと》が、はっと顔《かお》をあげた。

「ええ……ありがとう。おねがいできるかしら」

アニーは、赤《あか》ちゃんをだくと、ローズがうたっていた子守歌《こもりうた》をうたいはじめた。

ねんねん　ころり　泣《な》かないで
パパが　モノマネドリ　買《か》ってくるから
……

アニーがうたいはじめると、赤《あか》ちゃんはむずかるのをやめ、アニーの顔《かお》を、じっと見《み》つめた。

アニーは、うたいつづけた。

モノマネドリが　鳴《な》かなかったら
パパが　ダイヤの指輪《ゆびわ》　買《か》ってくるから
……

そのとき、ジャックの耳《みみ》に、「ローズ……」という声《こえ》が、かすかに聞《き》こえた。
ジャックは、はっとして、あたりを見《み》まわした。
「ローズ」こんどは、はっきり聞《き》こえた。

声《こえ》をあげたのは、壁《かべ》にもたれてすわっている男《おとこ》の人《ひと》だった。

大《おお》けがをしているらしい。両腕《りょううで》にはほうたいが巻《ま》かれ、かた足《あし》には、副《そ》え木《ぎ》があてられている。顔《かお》にも、ひどい打《だ》ぼくのあとがあった。

男《おとこ》の人《ひと》のところへかけよったジャックは、「あっ！」と声《こえ》をあげた。

その人《ひと》は、海岸通《かいがんどお》りでジャックとアニーをたすけてくれた、白《しろ》いシャツの男《おとこ》の人《ひと》だった！

ジャックは、ぶるっとふるえた。もしかして、この人《ひと》が……。

「あっ、あの、いま『ローズ』って、よびましたか？」

男《おとこ》の人《ひと》はうっすらと目《め》をあけ、宙《ちゅう》を見《み》つめながら、かぼそい声《こえ》で言《い》った。

「ローズが……、リリーに、子守歌《こもりうた》を……うたって……」

ジャックは、男《おとこ》の人《ひと》の目《め》のまえに、顔《かお》をよせた。

「もしかして、ルーカスさんですか!?　ローズさんのご主人《しゅじん》の……」

男《おとこ》の人《ひと》は、苦《くる》しそうに顔《かお》を動《うご》かし、ジャックを見《み》た。

その目《め》は、リリーとおなじ、アーモンド色《いろ》の瞳《ひとみ》だった!!

「ちょ、ちょ、ちょっとまっててください！」

ジャックは、あわてて、アニーのところへとんでいった。

アニーは、まだ赤《あか》ちゃんをあやしていた。赤《あか》ちゃんは、アニーの腕《うで》の中《なか》で、うとうとしはじめている。

「アニー！」

ジャックが、大《おお》きな声《こえ》でよんだので、アニーがあわてて注意《ちゅうい》する。

「しーっ！」

「あっ、ごめん」

ジャックは、あやまってから、小声《こごえ》でアニーの耳《みみ》もとにささやいた。

「ルーカスさんが――ローズさんのご主人《しゅじん》の、ルーカスさんが、いたんだ！」

「ええっ？」

こんどは、アニーが大《おお》きな声《こえ》を出《だ》し、あわてて声《こえ》をひそめた。

「ローズさんに知《し》らせなきゃ！」

「うん！」

ジャックは、赤《あか》ちゃんの古着《ふるぎ》がおいてあるコーナーへ走《はし》った。

ローズは、そこで、リリーを着《き》がえさせていた。

「ローズさん！」

ジャックがよびかけると、ローズがふりかえった。

「ルーカスさんが――ご主人《しゅじん》が……いました！」

「ほんと!?　どこに？」

ローズが顔《かお》をあげて、きょろきょろ見《み》まわした。

「こっちです！」

ジャックは、リリーをだいたローズをつれて、ルーカスのいる場所《ばしょ》へもどった。

アニーも、赤《あか》ちゃんをお母《かあ》さんのひざにもどして、やってきた。

行《い》ってみると、ルーカスは、苦《くる》しそうに目《め》をつぶり、はあはあと息《いき》をしていた。

「ルーカス！　ああ、あなた！」

ローズは、ルーカスのそばにひざまずき、夫《おっと》のほおに手《て》をあてた。

「あなた！　ローズよ。リリーもいるわ！」

ローズが大声《おおごえ》を出《だ》したので、リリーが泣《な》きだした。

ルーカスが、その声《こえ》に、びくりと身《み》じろぎした。

うっすらと目《め》をあけ、かすかにほほえむと、「リリー……」とつぶやいた。

それから、よわよわしい声《こえ》でうたいはじめた。

ねんねん　ころり　泣《な》かないで
パパが　モノマネドリ　買《か》ってくるから

……


するとリリーが、ぴたりと泣《な》きやんだ。

首《くび》をまわし、両手《りょうて》をのばして、ルーカスにだきつこうとする。

「パーパ！」

「うっ……」ルーカスが、思《おも》わず顔《かお》をしかめた。

「ああ、リリー！　パパはおけがをしてるのよ！」

ローズが、リリーをだきとろうとすると、ルーカスが言《い》った。

「だいじょうぶ……だいじょうぶだよ」

そして、ほうたいを巻《ま》いた腕《うで》をさしだした。

リリーは、その腕《うで》をふしぎそうに見《み》つめ、小《ちい》さな手《て》でそっとなでた。

リリーのしぐさが、あまりにもかわいかったので、ルーカスが「ふふ」と笑《わら》った。

ローズも、笑《わら》った。笑《わら》いながら、泣《な》いていた。

ローズが、ルーカスの手《て》をにぎって言《い》った。

「きっと会《あ》えると、思《おも》っていたわ」

「すぐに帰《かえ》れなくて……すまなかった……」

ローズが、首《くび》をふった。

ルーカスが、息《いき》をつきながら、話《はなし》をつづける。

「店《みせ》をしめて……帰《かえ》るとちゅうで……高潮《たかしお》に巻《ま》きこまれてしまった……。流《なが》されていたところを、ここのシスターが、たすけてくれたらしい……。シスターは、窓《まど》から水《すい》中《ちゅう》にとびこんで、ぼくを引《ひ》きあげてくれたそうだ……」

「そうだったの」ローズが涙《なみだ》をぬぐった。

「わたしたちは、家《いえ》であなたをまっていたけど……水《みず》が二階《にかい》まであがってきて……最《さい》後《ご》は、家《いえ》ごと流《なが》されてしまったの……。なにもかも、失《うしな》ってしまったわ」

すると、ルーカスが言《い》った。

「いいや。ぼくたち三人《さんにん》の命《いのち》があるじゃないか。それで、じゅうぶんだよ……」

それから、ふしぎそうにたずねた。

「家《いえ》が流《なが》されたあと……どうやって、ここまで来《き》たんだい？」

「それが、たいへんだったのよ」

ローズは、自宅《じたく》の庭《にわ》で、ジャックとアニーをたすけたところから、説明《せつめい》をはじめた。

ジャックとアニーは、たがいに目《め》くばせをすると、そっとその場《ば》をはなれた。

金色《きんいろ》の星《ほし》

ジャックたちが、ホールを歩《ある》いていると、院長《いんちょう》とほかのシスターが話《はな》しているのが聞《き》こえた。

「院長《いんちょう》さま、ランプの油《あぶら》が、のこりわずかになりました。ランプがないと、けが人《にん》の手当《てあ》てができません。赤《あか》ちゃんが産《う》まれそうな人《ひと》もいます。ほかの場所《ばしょ》のランプをすべて消《け》して、油《あぶら》を節約《せつやく》したいのですが……」

「わかりました。でも、シスター・アグネスが持《も》っているランプの火《ひ》だけは、消《け》したくありません。暗《くら》やみでとほうにくれている人《ひと》をみちびく、救《すく》いの光《ひかり》なのですから」

アニーが、ジャックをつついた。

「『**暗《くら》やみでとほうにくれている人《ひと》をみちびく**』って、どこかで聞《き》いたことない？」

ジャックは、はっとした。

「そうだ、モーガンのメッセージだ！　ぼくたち、ガルベストンでやらなければいけないことが、もうひとつあったじゃないか！　『**暗《くら》やみの中《なか》でとほうにくれる人々《ひとびと》を、**

金色《きんいろ》の星《ほし》で、みちびくこと』だよ！」

アニーも、はっとして、胸《むね》にぶらさげたペンダントをつかんだ。

「わたしの、このペンダントね!?　すっかりわすれてたわ！」

ジャックが、院長《いんちょう》に申《もう》しでた。

「院長《いんちょう》さま！　ぼくたち、お役《やく》に立《た》てるかもしれません。ぼくたちを、シスター・アグネスのところへ、つれていってください」

院長《いんちょう》は、ふしぎそうな顔《かお》をしたものの、ジャックとアニーを、シスターのところへ案内《あんない》した。

シスター・アグネスのランプは、まさに〝風前《ふうぜん》のともしび〟だった。

そして、ジャックたちがかけつけると、まもなく、火《ひ》は消《き》えてしまった。

院長《いんちょう》が、シスターに声《こえ》をかけた。

「この子《こ》どもたちに、なにか考《かんが》えがあるようですよ」

アニーが、首《くび》にかけた、金色《きんいろ》の星《ほし》のペンダントをはずした。

「このペンダントを、窓《まど》べにつるしてください」

シスター・アグネスは、とまどった表情《ひょうじょう》をうかべながらも、窓《まど》わくにペンダントをつるした。

修道院《しゅうどういん》の窓《まど》わくにつるしたペンダントは、かくべつほそく、小《ちい》さく見《み》える。

と、そのとき、ペンダントが、風《かぜ》でくるくるまわりはじめた。

それに月光《げっこう》があたり、金色《きんいろ》の星《ほし》が、きらり、きらりと光《ひか》った。

「まあ、なんてきれい！〈テキサスのひとつ星《ぼし》〉みたいね！」

シスター・アグネスが言《い》うと、院長《いんちょう》も言《い》った。

「とても小《ちい》さな光《ひかり》だけれど、わたしたちの心《こころ》に、希望《きぼう》の明《あ》かりをともしてくれました。ふたりとも、どうもありがとう」

院長《いんちょう》が、ジャックたちをつれてホールにもどろうとしたときだった。

「い、院長《いんちょう》さま！」

シスター・アグネスが、さけんだ。

三人《さんにん》がふりかえって見《み》ると、ペンダントの星《ほし》が、金色《きんいろ》にかがやいている。

光《ひかり》は、どんどん強《つよ》くなり、あたりを昼間《ひるま》のようにてらしはじめた。

院長《いんちょう》が思《おも》わず声《こえ》をあげた。

「おお……！　奇跡《きせき》だわ！　奇跡《きせき》がおこった！」

シスター・アグネスは、ジャックとアニーを、まじまじと見《み》つめて言《い》った。

「あなたたちは……もしかして、天使《てんし》なの……？」

「えっ、まさか！」ジャックが、あわてて首《くび》をふった。

「わたしたちは、ただの子《こ》どもです」と、アニーもこたえた。

「そうだとしたら、これは、やはり、神《かみ》さまがおこされた奇跡《きせき》にちがいありません！」

院長《いんちょう》は、ペンダントのまえにひざまずいて、十字《じゅうじ》を切《き》った。

こうこうとかがやくペンダントの光《ひかり》は、夜《よる》のやみを明《あか》るくてらした。

光《ひかり》の中《なか》に、材木《ざいもく》につかまったり、泳《およ》いだりしながら、修道院《しゅうどういん》をめざす人々《ひとびと》の姿《すがた》がうかびあがった。

ジャックとアニーは、窓《まど》から身《み》をのりだして、さけんだ。

「おーい！　おーい！」

「こっちです！　こっちへ来《き》てください！」

「がんばって！」

「もうすこしです！」

ふたりは、院長《いんちょう》やシスターたちとともに、光《ひかり》にみちびかれて集《あつ》まってくる人々《ひとびと》を、二階《にかい》の窓《まど》からたすけあげた。

そうしてたすけられた人々《ひとびと》を、ホールにつれていったり、タオルをくばったり、かわいた服《ふく》に着《き》がえさせたりした。

けがをしている人《ひと》には、肩《かた》をかして、手当《てあ》てをしてくれるシスターのところへつれていった。

泣《な》いている子《こ》どもには、やさしく声《こえ》をかけて、元気《げんき》づけた。

こうしてふたりは、ひと晩《ばん》じゅう、修道院《しゅうどういん》に避難《ひなん》してきた人々《ひとびと》のために、はたらいた。

いつしか、東《ひがし》の空《そら》が白《しら》みはじめていた。

がれきの町《まち》へ

ガラスのない東《ひがし》の窓《まど》から、朝日《あさひ》がさしこんできた。

眠《ねむ》っていた人《ひと》たちが顔《かお》をあげ、明《あか》るい太陽《たいよう》の光《ひかり》を、まぶしそうに見《み》つめる。

「あのペンダントは、どうなったかしら」

ジャックとアニーは、ろうかの窓《まど》べに行《い》ってみた。

星《ほし》のペンダントは、窓《まど》わくに、しずかにぶらさがっていた。

「よかった。風《かぜ》にとばされてなかったわ」

星《ほし》は、もう、かがやいてはいなかった。

ジャックが、手《て》をのばしてペンダントをとり、アニーに手《て》わたした。

それを首《くび》にかけながら、アニーがさみしそうにつぶやいた。

「ただの金色《きんいろ》の星《ほし》に、もどっちゃったわね」

「うん。りっぱに役目《やくめ》をおえたんだ」

そう言《い》って、ジャックは窓《まど》の外《そと》に目《め》をやった。

「ああっ！」

ジャックが、大声《おおごえ》をあげたので、アニーがそばにかけよった。

「お兄《にい》ちゃん、どうしたの？」

アニーも外《そと》を見《み》て、息《いき》をのんだ。

「……ま、町《まち》が、ない！」

それは、信《しん》じられない光景《こうけい》だった。

水《みず》は、すっかり引《ひ》いていたが、そこにあったはずの家《いえ》や道路《どうろ》や木々《きぎ》が、すっかりなくなっていた。見《み》わたすかぎり、こわれた家《いえ》や家具《かぐ》、馬車《ばしゃ》などのざんがいが重《かさ》なりあっている。

わずかにのこっている家《いえ》も、大《おお》きくかたむいたり、よこだおしになったりしている。まともに立《た》っている建物《たてもの》は、かぞえるほどしかない。

「……ガルベストンに、こんな日《ひ》が来《く》ると、いったいだれが想像《そうぞう》したでしょう」

ふりかえると、すぐうしろに、院長《いんちょう》が立《た》っていた。

院長《いんちょう》が、空《そら》のかなたを見《み》やりながら、ひとりごとのようにつぶやいた。

「でも、わたくしは、人々《ひとびと》の勇気《ゆうき》と気力《きりょく》、そしてたすけあいの心《こころ》を信《しん》じます。あのすさまじいハリケーンを、みんなで生《い》きのびたのですから」

それから、ジャックとアニーを見《み》て言《い》った。

「水《みず》はすっかり引《ひ》きました。ここへ避難《ひなん》した人《ひと》のなかには、家族《かぞく》をさがしに行《い》くと言《い》って、出《で》ていった人《ひと》もいます。あなたたちは、どうしますか？」

ジャックは、急《きゅう》に、マジック・ツリーハウスのことが心配《しんぱい》になった。

そこで、院長《いんちょう》に申《もう》しでた。

「もし、これ以上《いじょう》、お手伝《てつだ》いすることがなければ、ぼくたちも両親《りょうしん》をさがしに行《い》きたいです。心配《しんぱい》していると思《おも》うので」

「あては、あるのですか？」

「あ、はい……たぶん、ホテルに……」

アニーが、とっさにこたえた。

すると、院長《いんちょう》が言《い》った。

「そうですか。ホテルは、無事《ぶじ》だったと聞《き》いています。はやく、元気《げんき》な顔《かお》を見《み》せてお

あげなさい。でも、もし、ご両親《りょうしん》に会《あ》えなかったら、いつでも、ここにもどってくるのですよ。いいですね？」

「はい」ジャックとアニーは、同時《どうじ》にこたえた。

「そう、それから……」院長《いんちょう》がつけくわえた。

「港《みなと》には、さっそく、救援物資《きゅうえんぶっし》やボランティアをのせた船《ふね》が、ついたそうです。海岸《かいがん》には、家《いえ》をなくした人《ひと》のための、テントも立《た》つそうです。あなたがたも、必要《ひつよう》なものがあったら、行《い》ってみるといいでしょう」

「わかりました」ジャックがこたえた。

「それでは、どうか気《き》をつけて。手伝《てつだ》ってくれて、ほんとうにありがとう」

「ぼくたちこそ、ここにたどりつかなかったら、どうなっていたかわかりません。お世話《せわ》になりました」

アニーがたずねた。

「あの……、ルーカスさんとローズさんは、どうしていますか？」

「あの一家《いっか》は、ルーカスが歩《ある》けるようになるまで、まだしばらくここにいるでしょう。

ローズは、あなたがたの勇気《ゆうき》と、やさしい心《こころ》に感動《かんどう》したと、言《い》っていましたよ。それから、どんな状況《じょうきょう》になっても、あきらめずにがんばる強《つよ》さにも」

院長《いんちょう》が、にっこり笑《わら》った。

「ぼくたち、海水《かいすい》があがってきて、おぼれそうになっていたところを、ローズさんにたすけられたんです。ほんとうに感謝《かんしゃ》していたと、伝《つた》えてください」

「わかりました。かならず伝《つた》えましょう」

院長《いんちょう》が、ろうかの先《さき》のらせん階段《かいだん》を指《ゆび》さした。

「あの階段《かいだん》をおりれば、すぐ外《そと》に出《で》られます。それでは……。神《かみ》さまが、これからも、おふたりをおまもりくださいますように」

「院長《いんちょう》さまも、お元気《げんき》で！」

ふたりは、院長《いんちょう》に別《わか》れを告《つ》げて、らせん階段《かいだん》にむかった。

ツリーハウスのあと

ジャックとアニーは、レンガのらせん階段《かいだん》をおりていった。

階段《かいだん》のかべに、どろ水《みず》のあとがのこっている。海水《かいすい》は、一階《いっかい》の天井《てんじょう》まであがってきたらしい。

一階《いっかい》は、どこもかしこも、めちゃくちゃになっていた。

修道院《しゅうどういん》を出《で》ると、ジャックは、あらためて四方《しほう》を見《み》まわした。

どちらを見《み》ても、見《み》わたすかぎり、がれきの山《やま》がつづいている。

「L通《エルどお》りは、どっち?」アニーが聞《き》いた。

ジャックは、リュックの中《なか》から『テキサスの歴史《れきし》』をとりだした。

だが、本《ほん》は水《みず》にぬれ、ページとページがくっついてしまっていた。

「だめだ。むりにひらこうとすると、やぶれそうだ」

ジャックは、本《ほん》をリュックにもどし、近《ちか》くで、がれきをかたづけている男《おとこ》の人《ひと》にたずねた。

「すみません。L通《エルどお》りは、どのあたりですか？」

男《おとこ》の人《ひと》が、手《て》をとめて、おしえてくれた。

「この通《とお》りが、二十五番街《にじゅうごばんがい》だから、あっちへ歩《ある》いていって、三《みっ》つめの交差点《こうさてん》がL通《エルどお》りだよ。……まあ、どこが交差点《こうさてん》だかわかれば、の話《はなし》だけどね」

「ありがとうございました」

ジャックの心《こころ》は、ずっしりと重《おも》かった。

きのうまで住《す》んでいた家《いえ》が、一夜《いちや》にしてなくなってしまったら。

いっしょにくらしていた家族《かぞく》が、はなればなれになってしまったら。

思《おも》い出《で》の品《しな》や写真《しゃしん》が、ぜんぶなくなってしまったら。

想像《そうぞう》しただけで、胸《むね》がつぶれそうだ。

(この町《まち》で出会《であ》った人《ひと》たちが、どうか、みんな無事《ぶじ》でありますように——)

ジャックは、そう祈《いの》らずにはいられなかった。

コーヒーショップの建物《たてもの》は、なくなっていた。

L通《エルどお》りの交差点《こうさてん》があったと思《おも》われるところを、右《みぎ》にまがる。

すこし行《い》ったところで、アニーが、がれきの山《やま》を指《ゆび》さして言《い》った。

「お兄《にい》ちゃん、あれ、青《あお》い家《いえ》のフェンスじゃない？」

鉄《てつ》のフェンスは、ぐにゃりとゆがんでいた。布《ぬの》きれや、木《き》の枝《えだ》がからまっている。

青《あお》い家《いえ》は、あとかたもなくなっていた。

アニーが、ぽつりと言《い》った。

「家《いえ》、流《なが》されちゃったものね」

「うん……」

ジャックは、カシの木《き》が立《た》っていたあたりに目《め》をやった。

「あっ!!」

カシの木《き》は、まっぷたつにさけていた。かたがわは、地面《じめん》にたおれている。のこりの半分《はんぶん》も、枝《えだ》や樹皮《じゅひ》がけずりとられて、白《しろ》いさけめをさらしていた。

「ツ、ツリーハウスは、どこ……？」

ジャックは、がくぜんとした。

ツリーハウスがなければ、家《いえ》に帰《かえ》ることができない！

「お兄《にい》ちゃん、どうする？」

「どうする？って言《い》ったって……」ジャックは、くらくらする頭《あたま》で、必死《ひっし》に考《かんが》えた。

「この近《ちか》くに、ざんがいがあるかもしれないよ。よくさがそう」

ジャックとアニーは、カシの木《き》の根《ね》もとや、家《いえ》の土台《どだい》のまわりを、さがしまわった。

さらに、さがす範囲《はんい》をもっと広《ひろ》げて、庭《にわ》じゅうを歩《ある》きまわった。

「お兄《にい》ちゃん！」

アニーが、庭《にわ》の中《なか》ほどで、どろにまみれた一冊《いっさつ》の本《ほん》を見《み》つけた。

「これ、ペンシルベニア州《しゅう》のガイドブックじゃない？」

ほとんどのページは、くっついてしまっていたが、アニーがふれると、〈フロッグクリーク〉のページが、ぱらりとひらいた。

「このページはきれいだわ！　写真《しゃしん》も、文字《もじ》も、ちゃんと読《よ》める」

アニーが、うれしそうに言《い》った。

「よおし、希望《きぼう》がわいてきたぞ！」ジャックも、元気《げんき》を出《だ》して言《い》った。

ふたりは、ツリーハウスのざんがいを求《もと》めて、さらに歩《ある》きまわった。

Pennsylvania

だが、それ以上《いじょう》、なにも見《み》つからなかった。

「ああ……せっかく、本《ほん》は見《み》つかったのに……」

アニーが、近《ちか》くによこたわっている丸太《まるた》に、よろよろとすわりこんだ。

ジャックが、さけんだ。

「アニー！　それ、ツリーハウスの柱《はしら》じゃないか？」

「えっ？」アニーは、とびあがって、すわっていた丸太《まるた》を見《み》つめた。

ふたりで、どろをこすり落《お》とす。

すると、それはまさしく、マジック・ツリーハウスの柱《はしら》だった。

「アニー、もっとさがしてみよう！」

ふたりは、どろまみれのがれきを、ひとつずつ見《み》なおしていった。

「お兄《にい》ちゃん、これは？」

アニーが、フェンスにひっかかっている大《おお》きな板《いた》を見《み》つけた。

ふたりでつかんで、フェンスから引《ひ》きぬいてみる。

ジャックが、歓声《かんせい》をあげた。

「これはツリーハウスの床板《ゆかいた》だ！　ほら見《み》て！　なわばしごをおろしていた穴《あな》がある」

「イエーイ！」

ふたりはハイタッチをし、その板《いた》を、さっき見《み》つけた柱《はしら》のところへはこんだ。

「よし、もっとさがそう」

ジャックが言《い》って、ふりかえると、アニーが、床板《ゆかいた》の上《うえ》から動《うご》かない。

「アニー、なにしてるんだ？」

「これだけでも、魔法《まほう》がきくんじゃないかな、と思《おも》って……」

「まさか、これだけじゃ……」

だが、アニーは自信《じしん》たっぷりだ。

「だいじょうぶよ。なんてったって、これは、マジック・ツリーハウスなんだから！とにかく、ためしてみましょうよ。さあ、お兄《にい》ちゃん、ここにすわって！」

ジャックは、しかたなく、言《い》われた場所《ばしょ》にすわった。

アニーが、どろまみれの本《ほん》をひらき、フロッグクリークの森《もり》の写真《しゃしん》を指《ゆび》さして、呪文《じゅもん》をとなえた。

「ここへ、行《い》きたい！」

なにもおこらない。

アニーが、もっと声《こえ》を大《おお》きくしてさけんだ。

「ここへ、行《い》きたい!!」

やはり、なにもおこらない。

ジャックは思《おも》わず、アニーといっしょに、大声《おおごえ》でさけんだ。

「ここへ、行《い》きたい!!」

とつぜん、ふたりがすわった床板《ゆかいた》が、がたがたとゆれはじめた。

強風《きょうふう》がふいて、板《いた》がまわりはじめる。

ジャックとアニーは、ぎゅっと手《て》をにぎりあった。

回転《かいてん》は、どんどん、どんどん、はやくなる。

やがて、なにもかもがとまり、しずかになった。

なにも聞《き》こえない。

☆

ポタッ、ポタッ……

雨《あま》つぶが木《こ》の葉《は》にあたる音《おと》がして、ジャックは目《め》をあけた。

「お兄《にい》ちゃん、フロッグクリークに帰《かえ》ってきたわ！」アニーが、笑《わら》っている。

見《み》まわすと、ツリーハウスは、すっかりもとの姿《すがた》にもどっていた。

ジャックとアニーは、家《いえ》を出《で》たときのスポーツウエア姿《すがた》だ。くつも、修道院《しゅうどういん》でかりたブーツではなく、自分《じぶん》のスポーツシューズをはいている。

床《ゆか》の上《うえ》には、ジャックのリュックと、ふたりのかさがおいてある。

「マジック・ツリーハウスは、こわれても、自分《じぶん》でもとにもどれるんだね」

「さすがは、魔法《まほう》の小屋《こや》ね」

ジャックは、リュックの中《なか》から『テキサスの歴史《れきし》』をとりだした。

本《ほん》は、ぬれても、よごれてもいなかった。

「本《ほん》も、きれいになってる！」

ジャックが、本《ほん》をたなにもどそうとすると、アニーが言《い》った。

「まって！　あのあと、ガルベストンがどうなったのか、知《し》りたいわ」

アニーが、ガルベストンのページをひらいて、読《よ》みはじめた。

このとき、ウルスラ女子修道院《じょししゅうどういん》が運営《うんえい》する女学校《じょがっこう》は、一階《いっかい》が水没《すいぼつ》し、三階《さんがい》の屋根《やね》がふきとぶという被害《ひがい》をうけていました。

しかし、修道院長《しゅうどういんちょう》で、女学校校長《じょがっこうこうちょう》のマザー・メアリー・ジョーゼフは、ひと晩《ばん》じゅうランプの光《ひかり》でやみをてらし、鐘《かね》を鳴《な》らして、そこが安全《あんぜん》な避難場所《ひなんばしょ》であることを人々《ひとびと》に伝《つた》えました。そして、ほかの修道女《しゅうどうじょ》たちといっしょに、建物《たてもの》の二階《にかい》の窓《まど》から、ロープを投《な》げたり、水中《すいちゅう》にとびこむなどして、千人以上《せんにんいじょう》の人《ひと》の命《いのち》をすくいました。

「あそこには、千人《せんにん》もの人《ひと》がいたのか……」ジャックがつぶやいた。

このハリケーンで、ガルベストンは、なにもかも、失《うしな》ったかに見《み》えました。

しかし、人々《ひとびと》は、勇気《ゆうき》と気力《きりょく》をふるいおこし、たがいにたすけあって、すぐさま町《まち》の復興《ふっこう》にとりかかりました。

海岸《かいがん》には、高潮《たかしお》から町《まち》を守《まも》るための〈防潮堤《ぼうちょうてい》〉がきずかれました。

さらに、海岸《かいがん》の砂《すな》をはこんで、町《まち》の地面《じめん》を、全体《ぜんたい》に高《たか》くしました。

こうして、ガルベストンは、メキシコ湾岸《わんがん》でも、とくにハリケーンに強《つよ》い町《まち》に生《う》まれかわりました。

しかし、これらの工事《こうじ》には、なん年《ねん》もかかったため、テキサスの中心都市《ちゅうしんとし》は、ガルベストンから、本土《ほんど》のヒューストンにうつっていきました。

現在《げんざい》ガルベストンは、客船《きゃくせん》が立《た》ちよる、人気《にんき》のリゾート地《ち》になっています。

アニーが、本《ほん》をとじ、たなにもどしながら言《い》った。

「ガルベストンの人《ひと》たち、すごいわ。まず、あの大量《たいりょう》のがれきをかたづけて——」

つづけて、ジャックが言《い》った。

「そこへ砂《すな》をはこんで、地面《じめん》を高《たか》くして——」

「防潮堤《ぼうちょうてい》もつくって――、それから、家《いえ》をたてたのね」

「店《みせ》も、学校《がっこう》も、たてなおしたんだ――」

それからアニーは、首《くび》にかけていた星《ほし》のペンダントをはずして、本《ほん》の上《うえ》においた。


ふたりがツリーハウスからおりると、雨《あめ》はあがり、小鳥《ことり》がさえずりはじめた。

森《もり》の小道《こみち》を歩《ある》きながら、アニーが言《い》った。

「わたし、いつかまた、ガルベストンに行《い》ってみたいわ」

「リゾート地《ち》になったところを見《み》たいのか？」と、ジャックが聞《き》いた。

「ううん。リリーの子孫《しそん》に会《あ》えたらな、と思《おも》って……。でも、いますぐじゃなくていいわ。いまは……はやく、うちに帰《かえ》りたい」

「ぼくもだよ」

ふたりは、顔《かお》を見《み》あわせてにっこり笑《わら》うと、わが家《や》にむかって、かけだした。


（第《だい》45巻《かん》につづく）

お話《はなし》のふろく——伝説《でんせつ》の巨大《きょだい》ハリケーン

熱帯低気圧《ねったいていきあつ》

海水《かいすい》が太陽《たいよう》にあたためられ、水蒸気《すいじょうき》が空《そら》へどんどんあがっていくと、気圧《きあつ》が下《さ》がり、低気圧《ていきあつ》が生《う》まれます。熱帯《ねったい》の海《うみ》で生《う》まれた低気圧《ていきあつ》のうち、雲《くも》がうずまくように発達《はったつ》したものを、〈熱帯低気圧《ねったいていきあつ》〉といいます。このうずまきがさらに強《つよ》くなり、中心《ちゅうしん》に目《め》のようなものがあらわれると、風《かぜ》がひじょうに強《つよ》くなり、とてもきけんです。この、とくにきけんな〈熱帯低気圧《ねったいていきあつ》〉は、地域《ちいき》によってさまざまな名《な》まえでよばれています。

日本《にっぽん》では、日本近海《にっぽんきんかい》にやってくる熱帯低気圧《ねったいていきあつ》のうち、最大風速《さいだいふうそく》が秒速《びょうそく》十七・二メートル以上《いじょう》になったものを、〈台風《たいふう》〉とよんでいます。

世界《せかい》では、熱帯低気圧《ねったいていきあつ》が、最大風速《さいだいふうそく》三十三メートル以上《いじょう》になったとき、東南《とうなん》アジアの海《うみ》や太平洋《たいへいよう》の西半分《にしはんぶん》にあるものは〈タイフーン〉、太平洋《たいへいよう》の東半分《ひがしはんぶん》や大西洋上《たいせいようじょう》にあるものは、〈ハリケーン〉とよんでいます。また、東太平洋《ひがしたいへいよう》で生《う》まれたハリケーンが、西太平洋《にしたいへいよう》に移動《いどう》すると、タイフーンと名《な》まえが変《か》わります。

ハリケーンのおそろしさ

風速《ふうそく》三〇メートル以上《いじょう》の風《かぜ》がふくと、木《き》が根《ね》こそぎたおれたり、屋根《やね》がとんだり、家《いえ》が横《よこ》だおしになったり、といったことがおこります。一九〇〇年《ねん》九月《がつ》にガルベストンをおそったハリケーンは、最大風速《さいだいふうそく》が六〇メートルにも達《たっ》したと考《かんが》えられています。

また、台風《たいふう》やハリケーンでは、川《かわ》のはんらんや、土砂《どしゃ》くずれもおこります。海岸《かいがん》では、上昇気流《じょうしょうきりゅう》で海面《かいめん》がふくらんでいるところへ、風《かぜ》で大波《おおなみ》がおき、それが岸《きし》におしよせて〈高潮《たかしお》〉になります。一九〇〇年《ねん》のこの日《ひ》、ガルベストンの海岸《かいがん》には、高《たか》さ四メートルをこえる大波《おおなみ》がおしよせ、町《まち》の大半《たいはん》が浸水《しんすい》しました。

ガルベストンの悲劇《ひげき》

ガルベストン・ハリケーンの死者《ししゃ》は、わかっているだけで六千人《ろくせんにん》。旅行者《りょこうしゃ》や行方不《ゆくえふ》明《めい》になった人《ひと》もあわせると、八千人《はっせんにん》から一万二千人《いちまんにせんにん》にのぼるといわれています。このハリケーンたったひとつで、その後《ご》にアメリカをおそった三百以上《さんびゃくいじょう》のハリケーンによる死者《ししゃ》をぜんぶあわせた数《かず》よりも、たくさんの死者《ししゃ》を出《だ》したのです。

写真：AP/アフロ

これほど大《おお》きな被害《ひがい》が出《で》た理由《りゆう》は、いろいろあります。

まず、当時《とうじ》の気象観測《きしょうかんそく》や通信《つうしん》の技術《ぎじゅつ》が、いまほど発達《はったつ》していなかったことがあげられます。

また、強風《きょうふう》で各地《かくち》の風速計《ふうそくけい》がこわれたり、通《つう》信回線《しんかいせん》がとぎれたりして、正確《せいかく》な情報《じょうほう》が伝《つた》わらなかったということもあります。ガルベストンの気象局《きしょうきょく》は当初《とうしょ》、「この嵐《あらし》は、キューバを通過《つうか》したあと、北東《ほくとう》へ進《すす》み、ガルベストン付近《ふきん》には来《こ》ない」と予測《よそく》していたのです。

さらに、住民《じゅうみん》たちが、それまでなんどもハリケーンに見《み》まわれた経験《けいけん》から、そなえができていると、安心《あんしん》しきっていたことも指摘《してき》されています。

町《まち》の復興《ふっこう》

当時《とうじ》、テキサスでもっともさかえ、もっとも進《すす》んだ町《まち》だったガルベストンは、一夜《いちや》にして、がれきの町《まち》になってしまいました。そこに本拠《ほんきょ》をおいていた会社《かいしゃ》や工場《こうじょう》は、またおなじことがおこることをおそれて、本土《ほんど》にうつっていきました。

一方《いっぽう》、ガルベストンでは、ハリケーンに強《つよ》い町《まち》づくりが進《すす》められました。高《たか》さ五メートル、長《なが》さ五・二キロメートルの防潮堤《ぼうちょうてい》をきずき、海岸《かいがん》の砂《すな》をはこんで、町《まち》じゅうの地面《じめん》を高《たか》くしました。のこっていた二千百戸《にせんひゃっこ》の建物《たてもの》の下《した》にも、砂《すな》をポンプでおし入《い》れて、土台《どだい》をあげたのです。

十五年後《じゅうごねんご》、ガルベストンは、おなじような規模《きぼ》のハリケーンにおそわれましたが、そのときは洪水《こうずい》にはならず、ひじょうにすくない被害《ひがい》ですみました。

マジック・ツリーハウス

この巻《かん》も読《よ》んでみよう!

災《さい》害《がい》から身《み》をまもる!

第12巻

夜《よ》明《あ》けの巨《きょ》大《だい》地《じ》震《しん》

1906年4月18日、アメリカ・サンフランシスコをおそった大地震で、町じゅうが火につつまれてしまう!

第14巻

ハワイ、伝《でん》説《せつ》の大《おお》津《つ》波《なみ》

ハワイでサーフィンをしているところへ、大津波がおしよせる!「はやく、高台へ走ってにげろ!」

第19巻

ベネチアと金《きん》のライオン

うつくしい水の都ベネチア。カーニバルでにぎわう夜に、大洪水がおこり、町じゅうが水没してしまう!?

探《たん》険《けん》ガイド

サバイバル入《にゅう》門《もん》

地震、津波、洪水、かみなり、火山の噴火……これ1冊で、災害から身をまもる方法がわかる!

来日中の著者

著者：メアリー・ポープ・オズボーン

ノースカロライナ大学で演劇と比較宗教学を学んだ後、世界各地を旅し、児童雑誌の編集者などを経て児童文学作家となる。以来、神話や伝承物語を中心に100作以上を発表し、数々の賞に輝いた。また、アメリカ作家協会の委員長を2期にわたって務めている。コネティカット州在住。

マジック・ツリーハウス・シリーズは、1992年の初版以来、2018年までに58話のストーリーが発表され、現在、アメリカのほか、カナダ、イギリス、フランス、スペイン、中国、韓国など世界37か国で、1億4000万部以上出版されている。

2016年にハリウッドでの実写映画化が発表され、製作総指揮として参加することが決まっている。

訳者：食野雅子（めしのまさこ）

国際基督教大学卒業後、サイマル出版会を経て翻訳家に。4女の母。小説、写真集などのほかに、ターシャ・テューダー・シリーズ「暖炉の火のそばで」「輝きの季節」「コーギビルの村まつり」「思うとおりに歩めばいいのよ」や「ガフールの勇者たち」シリーズ（以上KADOKAWAメディアファクトリー）など訳書多数。

マジック・ツリーハウス44

伝《でん》説《せつ》の巨《きょ》大《だい》ハリケーン

2018年８月９日　初版　第１刷発行
2024年８月５日　　　　第３刷発行

著者／メアリー・ポープ・オズボーン
訳者／食野 雅子
発行者／山下直久

発行／株式会社KADOKAWA
〒102-8177　東京都千代田区富士見2-13-3
電話：0570-002-301（ナビダイヤル）

印刷・製本／株式会社 広済堂ネクスト

●お問い合わせ
https://www.kadokawa.co.jp/（「お問い合わせ」へお進みください）
※ 内容によっては、お答えできない場合があります。
※ サポートは日本国内のみとさせていただきます。
※Japanese text only

定価はカバーに表示してあります。

ISBN978-4-04-107037-6　C8097　N.D.C.933　160p　18.8cm

イラスト／甘子 彩菜
装丁／郷坪 浩子
ＤＴＰデザイン／出川 雄一
協力／松尾 葉月
編集／豊田 たみ